눈물은 힘이 세다

이철환 장편소설

눈물은 힘이 세다

해냄

프롤로그

달빛이 내려앉은 밤

열두 살 적 봄이었다. 그때 나는 부여군 연화리에 있는 외갓집에 있었다. 늦은 밤, 서울에서 아버지가 오셨다. 친할머니가 편찮으셔서 새말에 있는 작은집으로 가야 한다고 말씀하셨다. 얼굴에 불만이 가득한 채로 아버지를 따라나섰다. 버스도 끊어진 밤늦은 시간이었다. 솟구치는 마음을 발끝에 팽팽히 모았다. 그 먼 곳을 어떻게 걸어갈까. 세 시간도 넘는 거리였다.

아버지는 기린 같은 그림자를 끌고 산길을 앞서 걸으셨다. 암전 뒤에 느껴지는 착시처럼 길이 가물거렸다. 아버지의 발걸음 소리로 내 발걸음 소리가 가려졌다. 개미들은 줄을 지어 환한 찔레꽃 봉오리 속으로 들어가고 있었다.

산 고개를 하나 넘었다. 달빛 내린 시냇물도 건넜다. 은하수 마을은 촘촘히 박힌 별들 때문에 느릿느릿 기어가는 달팽이처럼 보였다.

"달이 참 밝구나."

아버지께서 말씀하셨다.

이후 고개를 하나 더 넘을 때까지 아버지는 앞만 보고 걸으시면서, "먼 길 갈 때는 달빛을 보며 걸어라"라고 이야기해 주셨다. 그야말로 환한 충만이었다. 나는 가만가만 고개를 끄덕였고, 아버지의 어깨 위로 달빛이 내려앉았다. 산길에서는 솔방울 떨어지는 소리가 들렸다. 멀리서 소쩍새도 조그맣게 울어댔다.

밤을 새워가며 『닥터 지바고』를 읽던 그 시절, 내 가슴에는 한 여자가 살고 있었다. 소설 속 라라처럼, 그녀는 오래도록 내 안에 남아 있었다. 라라는 나에게 사랑이자 아픔이었다.

아버지를 따라나선 밤, 아버지와 나는 삐걱거리는 사다리를 타고 달빛 쏟아지는 하늘로 올라갔다. 때죽나무 꽃잎이 눈송이처럼 날리던, 내 인생의 가장 환한 밤이었다.

| 차례 |

프롤로그 달빛이 내려앉은 밤 4

1 아버지는 왜 우셨을까 9
2 외로운 등대지기 14
3 용서해 주세요 20
4 별이 뜰 때까지 28
5 클레멘타인 39
6 고드름은 거꾸로 매달려서도 제 키를 키워간다 45
7 갈등과 충돌 52
8 느티나무 아래에서 60
9 앞 못 보는 철학자 64
10 아픔은 꿈꾸게 한다 70
11 너를 기다리는 동안 76
12 로즈마리 향기는 바람에 날리고 82
13 나의 웃음은 나의 눈물이었다 89
14 어머니의 전 재산 97

15 나는 아버지를 닮아 있었다 103

16 사랑의 기쁨 111

17 손때 묻은 무지개 118

18 오지 않는 봄 125

19 꽃송이 수만큼 열매 맺는 나무는 없다 132

20 민들레의 눈높이 145

21 코끼리가 울던 밤 161

22 얼룩말들은 왜 서서 잠드는가 169

23 어둠 속에서도 바다는 푸르다 177

24 민들레 소망원 183

25 눈물이 뺨을 타고 흐를 때 195

26 한낮에도 반짝이는 별빛 208

27 사랑에는 지도가 없다 218

28 다시, 달빛을 걸으며 228

에필로그 눈물은 힘이 세다 237
작가의 말 240

1

아버지는 왜 우셨을까

내 이름은 최유진, 일제 시대 때 붓공장을 하며 독립자금을 만주로 보내셨던 할아버지께서 지어주신 이름이다.

아버지는 한학이 깊으신 할아버지 밑에서 공부를 하셨는데, 할아버지가 돌아가시자 가세가 급격히 기울면서 집안을 꾸려나가셔야 했다. 고등학교를 졸업한 후 장사판에 뛰어든 아버지는 곧바로 고물상을 시작하셨다. 그때는 고철 시세가 좋았다. 그후 아버지는 반평생이 넘도록 그 일을 하셨다.

우리집은 성냥갑만 한 단칸방에서 다섯 식구가 함께 살았다. 어머니와 아버지는 자주 싸웠다. 가난 때문이었다. 늦은 밤, 형과 누나와 나는 천둥 같은 아버지의 고함 소리에 잠에서 깨어나기 일쑤였다. 술에 취한 아버지는 밥상을 집어던졌다. 누나가 훌쩍훌쩍 울기 시작했다. 형도 울었다. 나도, 그리고 어머니도 울었다. 아버지가 무서웠다.

"아버지 잘못했어요. 아버지 잘못했어요."

형과 나는 아버지 앞에서 빌기 시작했다. 잘못도 없이 잘못을 빌었다. 아버지의 분노는 자정이 넘어 겨우 그쳤고, 우리는 불안한 마음으로 잠이 들었다. 창문 밖 달빛은 그래도 평화로웠다. 눈물 젖은 달은 둘도 되고 셋도 되었다.

이튿날 아침, 어머니는 떡국을 상에 올리셨다. 설날이었다. 김치보시기 하나가 반찬의 전부였다. 계란 고명이 몇 가락 얹혀진 떡국이었다. 찌그러진 양은 상에 둘러앉아 우리들은 말없이 떡국을 먹었다. 젓가락 부딪히는 소리만 들렸다.

그때 침묵 사이로 "쿡" 하는 소리가 들렸다. 떡국을 먹던 아버지가 울음을 터트리셨다. 아버지는 안으로 안으로 울음을 삼키셨다. 울음소리는 삼켜지지 않았다. 모두들 아무 말도 하지 않았다. 누군가 눈물을 글썽였는지도 모른다. 사는 게 힘드셨을지도 모른다는 생각이 스치듯 지나갔다. 시간이 지나도 아버지의 눈물은 잊혀지지 않았다.

미술 시간만 되면 나는 늘 주눅이 들었다. 친구들의 눈치를 살피며 크레파스를 빌려 써야 했기 때문이다. 바다 그림을 그리던 시간, 파란색을 오래 쓸 수 없어 알록달록한 물고기만 잔뜩 그려 넣기도 했다.

어느 날 청소 시간, 여자아이 하나가 다가와 감추고 있던 크레파스 상자를 내 앞에 쑥 내밀었다.

"한 번밖에 안 쓴 거야. 이모가 생일 선물로 사주셔서 하나 더 있거든. 새것이 아니라서 미안하지만……."

고마웠지만 선뜻 받을 수 없었다. 나는 멀뚱히 교실 바닥만 바라보았다.

"새거 줄까? 두 개 있어서 주려고 한 건데……."

미안해하는 것 같아 나는 얼른 크레파스를 받았다. 책가방을 챙겨 들고 서둘러 교실을 빠져나왔다. 땡땡이 쳤다고 선생님께 맞아도 상관없었다.

그 아이네 집에는 자가용이 있었다. 집으로 갈 때, 나는 늘 그 아이의 집 앞을 지나갔다. 마당에 나무가 많아 새소리도 들렸다. 가끔은 담벼락에 기대어 그 아이가 연주하는 풍금 소리도 들었다. 담 너머로 들려오는 〈클레멘타인〉을 들으며 눈물을 찔끔거리기도 했다.

집안 형편은 점점 더 어려워졌고, 나는 인문계 고등학교에 진학할 수 없었다. 어쩌다 동창 아이들을 버스에서 만나면 학교 배지를 슬그머니 뺐다. 공업고등학교 수업의 절반은 실습이었다.

학교를 그만두고 싶어 담임선생님을 찾아갔다. 시를 쓰고 싶다고 했다가 쓸데없는 소리 집어치우라는 꾸지람만 듣고 돌아왔다. 몸도 마음도 뒤죽박죽이었다.

첫 시험을 보는 날에는 학교에도 가지 않았다. 어떻게든 학교를 그만둘 구실을 만들고 싶었지만, 어머니의 반대로 쉽지 않았다. 분을 삭이지 못하는 밤이면, 창문 옆에 매달아놓은 펀치 볼을 쳐댔다. 절망은 내 눈빛을 바꿔놓았다. 날렵한 주먹으로 누구든 까불면 쓰러뜨리고 싶었다.

시험 끝나는 날에는 친구들과 영화를 보러 갔다. 두 편을 동시상영 하는 삼류 영화관이었다. 금발의 여주인공은 옷을 훌훌 벗고 바닷물로 뛰어들었다. 가슴이 두근거렸다. 옆에 앉아 있던 달수는 마른침만 꼴딱꼴딱 삼켰다. 금발 여주인공의 뒷모습은 그후로도 오랫동안 지워지지 않았다. 그 장면이 머리에 떠오를 때마다 라라에게 죄를 짓는 것만 같았다.

시인 네루다의 '치골의 장미'보다 로미오와 줄리엣의 사랑이 사춘기 남학생에겐 더 가까웠다. 등굣길에 가끔씩 그녀와 마주쳤지만, 우리는 서로 알은체하지 않았다. 주일날 교회에서 눈인사만 가끔씩 주고받았다.

고등학교 2학년 체육대회가 끝나던 날, 중국집의 어두운 골방에서 선배가 주는 담배를 주저 없이 받았다. 콜록거림도 없이 첫 담배를 피웠다. 어질어질 기분이 좋았다.

집으로 가는 길에서 라라를 만났다. 라라는 자가용 안에 타고 있었고, 나는 가방을 옆구리에 끼고 골목길을 걷고 있었다. 자가용이 내 옆을 천천히 지나갈 때, 나도 모르게 가방을 똑바로 들었다. 뒷자리에 앉아 있는 라라와 눈빛이 마주쳤다. 차가 저만큼 멀어질 때까지 나는 라라를, 라라는 나를 바라보았다. 그날 라라는 내 가슴 깊은 곳으로 걸어 들어왔다. 라라에게 편지를 썼지만 편지는 늘 내 주머니 속에 있었다.

2

외로운 등대지기

옆집에는 한 아저씨가 살고 있었다. 아저씨는 안마 일을 하는 시각장애인이었는데, 밤 11시만 되면 큰 소리로 노래를 불렀다. 여름이든 겨울이든 창문을 활짝 열고 아주 큰 목소리로 노래를 부르면, 지나가는 사람들이 고드름장아찌 같은 얼굴로 아저씨를 바라보았다. 돼지 목 따는 소리 내지 말라고 고추 먹은 소리로 소리소리 치는 술 취한 아저씨들도 있었다. 아저씨는 미안하다며 머리만 조아렸을 뿐, 부르던 노래를 멈추지 않았다. 그 노래는 〈등대지기〉였다.

생각하라 저 등대를 지키는 사람의
거룩하고 아름다운 사랑의 마음을

아저씨는 같은 노래만 계속 불렀다. 어떤 날은 열 번을, 어떤 날은 스무 번을 불렀다. 나는 아저씨가 부르는 노래를 좋아했다. 노래를 듣고 있으면 파도 소리가 들리는 것 같았다. 아저씨의 노래를 들으며 나는 가끔씩 눈물을 흘리기도 했다.

노래가 끝날 때쯤 아저씨의 아내가 집으로 돌아왔다. 아줌마도 인마 일을 하고 있었다. 노랫소리가 가장 크게 들릴 때, 아줌마는 지팡이 걸음을 멈출 수 있었다. 아저씨의 노랫소리는 앞을 보지 못하는 아내에게 등대나 마찬가지였다.

아저씨는 하모니카를 잘 불었다. 비틀즈의 〈예스터데이〉나 〈렛잇비〉도 멋지게 연주했다. 아저씨가 〈클레멘타인〉을 연주할 때면 라라가 보고 싶었다.

"아저씨는 악보도 못 보시는데 하모니카를 어떻게 이렇게 잘 불어요?"

"하모니카는 악보 없이도 불 수 있지. 불다 보면 웬만한 곡은 다 불 수 있어. 유진이 너도 금세 배울 수 있다."

아저씨는 마른침을 삼키더니 내처 말했다.

"하모니카 처음 배울 때는 아저씨도 악보를 볼 수 있었어. 태어날 때부터 앞 못 봤던 건 아니거든. 이십 대 후반부터 녹내장을 앓기 시작해서 그 후로 완전히 시력을 잃었지."

"지금은 전혀 안 보이시나요?"

"처음엔 사람 얼굴이 그림자처럼 보이기도 했는데 지금은 캄캄절벽이야. 눈에 뵈는 게 없는 놈이지. 이래 봬도 내가 시인이다. 시력을 잃기 전에 등단까지 마쳤지. 하지만 시력을 잃은 후에는 시를 한 편도 쓸 수 없었다. 마음에도 눈이 있을 거라 믿었는데 아니었어. 눈으로 볼 수 있어야 마음으로도 볼 수 있다는 걸 알았지……. 꽃게 다리는 열 개고 개 다리는 네 개라고 말하면 누구나 알아들을 수 있지만, 게 다리는 열 개고 개 다리는 네 개라고 말하면 앞 못 보는 사람들의 서러움은 시작되는 거다."

아저씨는 웃으며 말했지만 웃음 속에 아픔 같은 것이 어려 있었다.

아저씨는 김소월의 시를 외우고 있었고, 바이런이나 보들레르, 릴케, 랭보의 시도 외우고 있었다. 아름다운 시는 슬픔을 견디는 힘이라고 했다. 앞을 볼 수 없었지만 아저씨는 행복해 보였다.

아저씨에게 큰 아픔이 찾아온 건 내가 고등학교 2학년 가을 무렵이었다. 어머니는 근심스러운 얼굴로 아버지에게 말하셨다.

"그 양반 손가락 마디 끝을 다섯 개나 잘라야 한데요. 안마 일이 손가락 끝으로 힘주어 하는 건데 십 년을 넘도록 그 짓을 했으니 관절이 상할 대로 상해서……."

"청천벽력이구만. 아줌마는 괜찮고? 큰일 났구만, 큰일 났어. 눈 없으면 손발이라도 성해야 할 텐데……."

나는 망치로 뒤통수를 맞은 것 같았다. 아저씨에게 가보고 싶었지만 갈 수도 없었다.

수술 후, 아저씨는 대문 밖 출입을 거의 하지 않고 온종일 술만 마셨다. 아저씨를 위로하고 싶었지만 그럴 수 없었다. 아픔을 위로할 수 있는 건 아픔일 텐데, 그런 아픔이 내겐 없었다.

아저씨의 슬픔은 시간이 지나도 지워지지 않았다. 아저씨는 날이 갈수록 야위어갔다.

"아저씨, 술만 드시면 안 되잖아요. 식사도 잘 안 하시잖아요."

"앞도 못 보고 손가락까지 자른 놈이 끼니 다 챙겨 먹을 자격 있겠냐. 굶어 죽지 않으면 다행이지."

"아저씨, 상처 다 아물 때까지는 술 드시지 마세요. 덧나면 큰일이잖아요. 도와드릴 일 있으면 제가 심부름할게요."

"방구석에만 있을 텐데, 무슨 도울 일이 있겠냐. 그나저나 살 길이 걱정이다. 가을이나 겨울쯤에 이사 가야 할지도 모르겠다."

아저씨는 깊은 숨을 내쉬며 말했다.

아저씨 방에 자주 가고 싶었지만 안으로 잠긴 문을 확인한 후 자주 갈 수도 없었다. 아저씨 방문 앞에, 소주병들이 하루하루 늘어만 갔다.

아버지의 고물 자전거를 끌고 아저씨네 집으로 갔다. 아저씨 눈가에 예전보다 깊은 그늘이 드리워져 있었다. 아무렇지도 않은 듯 아저씨에게 말을 걸었다.
"자전거 타보신 적 있어요?"
"눈 성할 때야 많이 탔었지."
"아저씨, 저랑 자전거 타요."
"괜찮다. 다음에 타자."
"오늘 타요, 아저씨. 제가 재밌게 해드릴게요."
아저씨는 자전거 안장을 더듬거리며 마뜩찮은 얼굴로 뒷자리에 앉았다.
"자, 출발합니다. 제 허리 꼭 잡으세요. 달립니다."
고물 자전거는 덜덜거리며 언덕 아래로 달려갔다. 요리조리 사람을 뚫고 복잡한 길음 시장을 지났다. 정릉까지 갈 생각이었다. 아저씨에게 맑은 계곡물 소리를 들려주고 싶었다.
"아저씨, 재밌죠?"
"재밌기도 하고 무섭기도 하고 그렇다."
"재밌기만 하세요. 무서워하진 마시구요. 저를 믿으세요. 제가 대한민국에서 자전거 제일 잘 타거든요. 제 허리만 꼭 잡으시면 돼요."

"알았다. 알았어."

오랜만에 듣는 아저씨 웃음소리였다. 힘이 솟았다. 자전거는 정릉을 향해 전속력으로 달렸다.

"유진아, 눈을 감으면 더 선명하게 보이는 것들이 있다."

"그게 뭐지요?"

"엄마 얼굴, 첫사랑, 어릴 적 동무들 얼굴, 바람 그리고 내 마음……."

아저씨의 말은 편편이 시(詩)였다. 사람들을 뚫고, 자동차들을 뚫고, 바람을 뚫고, 아픔을 뚫고, 배고픔을 뚫고, 자전거는 달렸다. 맑은 계곡물이 흐르는 정릉까지 쉬지 않고 달렸다.

3

용서해 주세요

시장 입구, 허물어져가는 건물에는 조그만 빵집이 하나 있었다. 부부가 함께 가게를 꾸렸고, 그 집 아들 달수는 내 단짝 친구였다. 어느 날 하굣길에 부쩍 말라 보이는 달수가 눈알을 휘둥그레 굴리며 나에게 말했다.

"재밌는 거 한번 볼래?"

그의 눈가에 웃음이 쟁글쟁글했다.

"뭔데?"

"여자들 목욕하는 거. 우리 집 안방에서 다 보인다."

"에이, 설마……."

"한 시간만 봐도 다리가 풀려서 제대로 걷지도 못하는걸."

달수는 마른침을 꼴깍 삼키며 떠들어댔다. 그가 야윈 듯

한 이유를 그제야 알 것 같았다. 우리는 서둘러 달수네 집으로 갔다. 목욕탕 앞을 지나는데, 대학생처럼 보이는 누나가 목욕탕 안으로 들어가고 있었다.

"누나, 저 곧 갈게요. 크크크."

달수는 혼잣말을 하며 두꺼비처럼 웃었다. 안방으로 뛰어들어가 의자 위에 두꺼운 전화번호부를 올려놓고 그 위에 베개까지 더하자 장롱 너머 보이는 조그마한 창 속으로 여탕 풍경이 거짓말처럼 펼쳐졌다.

"어때, 대단하지?"

"어……."

"아까 봤던 그 예쁜 누나 빨리 찾아봐."

"저, 저기다! 오른쪽 탈의실."

조금 전 만났던 누나가 아스라이 눈 안에 들어왔다. 아무것도 모르는 그녀는 당연히 아무렇지도 않게 옷을 벗었다. 두 개의 심장이 쿵쾅쿵쾅 마구 두방망이질을 하는 순간, 내 가슴속에서 작은 목소리가 올라왔다.

'하나님…… 용서해 주세요.'

"오늘은 정말 안 돼, 새꺄."

여탕 관람을 조르자 달수가 정색을 하며 소리쳤다. 창피를 만회해 보려고 난 한 번 더 채근했다.

"왜에? 엄마 집에 안 계시잖아."

"안 된다니까. 오늘은."
"뭔데? 왜 안 되는데?"
"엄마랑 동생이랑 목욕탕 갔단 말야, 새꺄. 너 같으면 보여주고 싶겠냐?"
할 수 없이 라면만 끓여 먹고 돌아오는 길에 라라의 집 앞을 지나게 되었다. 혹시 풍금 소리가 들리지 않을까 귀를 기울였지만 아무것도 들려오지 않았다.
순간 여자들의 알몸을 훔쳐봤다는 생각에 라라에게 미안한 마음이 들었다. 라라가 절대 알 리 없지만, 만약 알게 되면 나를 사람으로 보지 않을 것 같았다. 좋아하는 사람이 생기면 마음이 착해진다는 말이 틀린 말은 아니구나 생각했다.

달수가 뭔가 '사업'을 시작한 것 같았다. 하굣길 친구들이 수시로 바뀌더니 어떤 날은 너덧 명이 떼를 지어가기도 했다. 달수의 씀씀이도 점점 커졌다.
일요일 저녁 달수가 우리 집에 왔을 때, 그는 슬며시 내 옆구리를 찌르며 말을 건넸다.
"오늘 우리 집 가자. 아버지 시골 가셔서 엄마가 밤늦게까지 빵집 지키실 거야. 목욕탕 문 닫을 때까지 계속 볼 수 있다는 말씀."
비뚤어진 마음에 난 빈정대는 투로 말했다.

"장사 안 해?"

"뭔 장사?"

"관광 사업 시작한 거 아니었나?"

"뭐? 아냐, 아직 안 했어. 처음엔 그냥 공짜로 보여주는 거지. 중독되고 나면 제 발로 찾아오니까. 지금 우리 반 녀석들이 한 놈씩 증상을 보이고 있어. 이유 없이 라면 사준다, 떡볶이 사준다, 하는 거 보면 말이야."

"친구끼리 뭐 그런 장사를 하냐?"

"너 화났어? 농담한 거야, 새꺄. 설마 나같이 착한 사람이 악의 구렁텅이로 친구를 빠뜨리겠냐."

달수가 착하다는 말은 맞는 말이었다. 여탕에 중독된 것 말고, 나까지 여탕 중독에 빠뜨린 것 말고, 달수는 착한 아이었다. 나쁜 걸 본다고 악당이 되는 건 아니니까.

"우리 집 갈 거지?"

나는 "싫어" 하고 말하고 싶었지만 그러지 못했다. 머릿속에 떠오르는 풍경이 나를 흔들었다. 중독은 아주 무서운 것이었다.

목욕탕 안에 사람은 많지 않았다. 달수와 나는 라면을 끓여다 놓고 여유 있게 관람을 시작했다. 지겨워지면 잠시 텔레비전을 보기도 했지만 생생하게 펼쳐지는 장면을 뿌리칠 수 없었다.

"유진아, 저기 봐."
달수가 다급하게 말했다.
"왜?"
"저거 라라 아냐?"
"엉?"
정말…… 라라였다.
"우와! 삼삼하다, 쟤는 얼굴만 예쁜 게 아니라 몸매도 죽이는구나."
달수가 콧구멍을 헤벌쭉 벌리며 말했다. 나는 의자 위에서 내려와 낮은 목소리로 단호하게 소리쳤다.
"내려와!"
"정말 웃긴다. 보기 싫으면 너만 안 보면 되잖아?"
"네가 지난번에 너네 엄마하고 여동생 목욕탕 갔을 때 보지 말라고 했잖아. 그거 하고 똑같다고 생각하면 돼."
"너, 정말 라라 좋아하는구나. 이 정도인지는 몰랐어."
달수는 미안했는지 내 어깨를 툭 치며 웃었다. 아무것도 입지 않은 라라의 모습이 지워지지 않았다. 나는 눈을 감고 달수 방에 누워 있었다. 지우려 할수록 또렷해지는 라라의 모습이었다. 라라에게 미안했다.

그날 이후, 학기가 끝나도록 달수네 집에 가지 않았다. 라라 때문은 아니었다. 철이 들었다거나 양심의 가책 때문도 아니었다. 내가 한심해 보였기 때문이다. 불량 식품은 무지무지 달콤하다. 이 맛 저 맛도 없이 그냥 달콤하기만 하다. 여탕이라는 불량 식품은 달수를 완전히 망가뜨렸고, 공부를 비교적 잘했던 달수는 여탕 관람 이후 바닥을 기었다.

저녁 시간, 소방차 사이렌 소리가 요란하게 들려왔다. 점점 잦아들어야 할 사이렌 소리는 시간이 갈수록 커졌다. 그때 대문이 삐거덕거리며 앞집 할머니가 들어오셨다.
"시방 동네에 난리여. 소방차가 몇 대 왔구먼."
"우리 동네에 불 난 거예요?"
부엌에서 어머니가 다급히 뛰어나오며 물으셨다.
"사이렌 소리 안 들려? 한두 대가 아니여."
불이 시작된 곳은 목욕탕이 아니라 달수네 집이었다. 누전으로 인한 것이었다. 당시 달수 부모님들은 모두 빵집에 있었고, 달수는 친구 집에 있어서 화를 면할 수 있었다. 문제는 여동생이었다. 달수 아버지와 엄마가 헐레벌떡 달려왔을 때는 불이 이미 집을 송두리째 삼킨 후였다. 미처 빠져나오지 못한 딸아이를 구하기 위해 불 속으로 달려드는 달수 아버지를 동네 사람 여럿이 붙들었다. 달수도 울며불며 아버지를 말렸다.

달수 아버지는 사람들 손에서 빠져나오려고 미친 사람처럼 날뛰었고, 달수 엄마는 귀청을 찢을 듯 소리소리 지르다 까무러치고 말았다. 구급차를 부르라고 동네 사람들이 소리를 질렀다.

"달수 아버지, 안 돼요. 지금 들어가면 아저씨도 죽어요."

"죽어도 괜찮으니까, 어서 놔! 어서 놓으라니까! 우리 수진이 죽으면 너희들이 책임질 거야? 어서 놔! 빨리 놔! 이 새끼들아……."

"아버지, 안 돼요! 안 돼요, 아버지!"

달수는 아버지 목을 끌어안고 울었다. 달수 아버지의 발이 허공을 굴렀고, 그가 버둥댈수록 사람들의 손은 빗장이 되어 더 단단히 채워졌다.

"수진이 죽어요. 우리 수진이 죽어요……."

달수 아버지가 대성통곡하기 시작했다. 불은 어느새 집 전체로 번져 주변을 환하게 밝혔다. 달수 아버지의 슬픈 눈동자 속에서 미친 불이 춤을 추고 있었다.

바로 그때였다. 저 멀리에서 부엉이 눈을 뜨고 한 여학생이 허겁지겁 달려왔다. 달수 동생 수진이었다. 달수 아버지는 자리에서 벌떡 일어나 화를 참지 못하겠다는 듯 딸아이의 뺨을 후려쳤다. 그러고는 끌어당겨 품에 안았다.

"이 녀석, 고맙다, 고맙다, 수진아……."

수진은 뭐가 뭔지 모르겠다는 눈치였다. 왜 뺨을 맞았는지, 무뚝뚝하기만 하던 아버지가 왜 이리 포옹을 해대는지 모르겠다는 표정이었다. 달수네 집이 불에 타버린 건 마음 아픈 일이었지만, 죽었다가 살아 돌아온 달수 여동생의 늦

가을 밤 이야기는 한바탕 코미디였다.

결국 달수네 집은 뼈대만 남고 완전히 폐허가 되어버렸다. 불길이 조금 번진 목욕탕 집은 다행히도 큰 피해를 입지 않았다. 그 사건 이후 달수네는 빵집에 딸린 조그만 단칸방에서 살았다.

집이 불타 없어진 후 달수는 눈에 띄게 달라졌다. 장난스럽고 경쾌하던 그의 목소리는 사라졌고, 바람난 참새처럼 까불대던 행동도 자취를 감췄다. 달수가 달라진 게, 달수를 달라지게 만든 게 나는 슬펐다.

4

별이 뜰 때까지

나와 달수 그리고 라라는 동네 교회의 고등부에 속해 있었다. 어느 여름, 교회에서 수련회를 가는 날, 출발할 때부터 비가 추적추적 내리기 시작했다. 비 오는 것쯤은 전혀 문제가 되지 않았다. 라라가 수련회에 오는지 안 오는지가 내 최대의 관심사였다. 라라가 안 오면 끝장이었다.

지난밤 술 취한 아버지가 마당으로 집어던져 쭈글쭈글해진 주전자를 망치로 두들겨 펴놓고 나서, 나는 헐레벌떡 집합 장소로 향했다. 저 멀리 교회 앞마당에 청바지에 코발트색 티셔츠를 입은 아이가 눈에 들어왔다. 틀림없이 라라였다. 나는 마음을 꾹 누르고 태연한 척 다가갔다.

사선을 그으며 내리는 빗줄기는 기차 유리창 밖으로 점점이 흘러내렸고, 밤새 북한강은 잔뜩 불어나 있었다. 춘천으로 향하는 동안 나는 줄곧 창밖을 바라보고 있었다. 풍경이 멋있어서가 아니라 바로 앞자리에 라라가 앉아 있었기 때문이다. 나는 기차 밖 풍경 대신 유리창에 비친 라라의 얼굴을 훔쳐보고 있었다. 덜컹대는 기차 안에서 그녀는 사르트르의 『구토』를 읽고 있었다. 쉽지 않아 보이는 그 책을 읽으며, 그녀가 무슨 생각을 하고 있을지 궁금했다.

바로 앞에 산이 있었고 그 뒤에 다시 산이 있었다. 기찻길 옆에 피어 있던 주황색 원추리꽃들이 기차가 일으킨 바람에 밀려 초록 목대를 이리저리 흔들고 있었다. 기적 소리를 울리며 기차는 빗속을 달렸다. 달리는 기차보다 내가 더 숨이 찬 이유를 라라가 알 리 없었다. 내가 어떻든 기차는 여전히 달렸다.

기차에서 내려 우리는 버스로 갈아탔다. 춘천시를 벗어나자 넓은 들판이 보였고, 2차선 도로를 거쳐 뱀처럼 구불구불한 산길을 갈아탄 버스는 느릿느릿 산을 올랐다. 산길 끝에 넓은 호수가 나타났다. 우리 말고도 여름 휴가를 떠나는 여행객들로 작은 배가 붐볐다.

통통배보다 조금 더 큰 배는 물살을 헤치고 내설악을 향해 갔다. 낮은 산들이 섬처럼 여기저기 떠 있었다. 먹빛 하늘에서 금세라도 비가 내릴 것 같았다. 나는 여행객들의 설

렘으로 가득 찬 선실을 빠져나와 갑판 위에 섰다. 달수가 곧 내 뒤를 따라 나왔다.
"너, 라라 보려고 나왔지?"
"아냐. 안이 너무 답답해서 나왔어."
"그것 봐, 맞잖아. 답답해서 라라 보려고 나온 거잖아, 그치?"
눈치 빠른 달수에게 그만 들켜버렸다. 라라를 보기 위해 갑판으로 나온 게 맞았다. 배의 꼬리 부분에 라라가 친구와 함께 서 있었다. 달수는 주머니에서 캔커피를 하나 꺼내 내 앞으로 내밀었다. "고맙다" 하고 받으려는 순간, 달수는 "니꺼 아니거든?" 하며 캔을 얼른 뒤로 감췄다. 그는 십자군 병사처럼 뚜벅뚜벅 선미 쪽으로 걸어갔다.
"이 커피, 유진이가 너 주래."
라라의 눈이 동그래지는 것을 보고 나는 얼른 고개를 돌렸다. 내가 어찌할 줄 몰라 하고 있을 때, 달수가 돌아와 내 어깨를 툭 쳤다.
"잘했지? 여자는 이렇게 꼬시는 거야, 새꺄."
"내가 언제 커피 갖다주라고 했냐?"
"이놈이 아직도 사랑의 비밀을 모르는구만. 사랑은 어차피 거짓말이야. 자꾸자꾸 밑밥을 던져놔야 언젠가는 덥석 무는 거야."
"물고기냐? 덥석 물게."

"하여간, 넌 가만히 있어. 도끼도 제 자루는 못 찍는 법이니까. 형님 말만 잘 들으면 이번 기회에 확실하게 꼬시게 해줄 테니까. 알았지? 잘되면 한턱 내기나 해."

득의양양해진 달수는 웃으며 손가락으로 내 옆구리를 찔렀다. 알았다고 할 수도 없었고, 몰랐다고 할 수도 없었다. 아무 말 안 했지만 고맙다고 말하고 싶었다.

라라가 머리를 쓸어 넘기며 커피를 마시고 있었다. 고맙다는 눈빛을 금세라도 보내줄 것 같았지만, 그녀는 섬처럼 떠 있는 작은 산들만 바라보고 있었다.

빗방울이 후두둑 떨어지기 시작했다. 한 방울, 두 방울 떨어지던 비는 어느새 강물 위에 무수한 원을 그리고 있었다. 모두 객실로 뛰어 들어갔지만, 난 혼자 갑판 위에 서서 비를 맞았다. 내 뒷모습을 라라가 봐주길 바랐다. 한껏 폼을 잡으며 서 있는 동안 빗줄기는 점점 더 굵어졌다.

"유진아, 똥폼 잡지 말고 들어와라. 그러다 감기 든다."

'터프가이'라 불리던 전도사의 목소리가 들려왔다. 나는 못 들은 척 비장한 얼굴로 갑판 위에 서 있었다. 폭우가 내려도 좋았다. 돌아오는 뱃길이 뚝 끊겨도 좋았다. 내 뒷모습을 라라가 바라보고만 있다면, 그걸로 충분했다.

비는 온종일을 내리고도 그칠 줄 몰랐다. 내설악에서 수련회 장소까지는 삼십 분을 족히 걸어야 했다. 앞서 걷던 전도사가 저 멀리 보이는 마을을 손으로 가리키며 말했다.
"저기, 저 마을 보이지? 이제 돌다리만 건너면 된다. 조금만 더 힘을 내자."
마을로 들어가는 진입로에서 갑작스러운 복병을 만났다. 돌다리가 물에 잠겨 있었던 것이다. 잔뜩 불어난 물이 돌다리 윗부분까지 올라와 아슬아슬하게 출렁거렸다. 전도사가 예의 군인 같은 목소리로 말했다.
"깊지는 않구나. 마을로 가는 다른 길은 없으니까, 조심해서 건너갈 수 있도록 하자. 남학생들은 여학생들 건너는 것 좀 도와주고!"
"물에 빠지면 떠내려갈 것 같은데요. 물살이 너무 세요, 전도사님……."
달수가 재밌다는 듯이 이죽거리며 말했다.
"자신이 없는 사람은 친구한테 업어달라고 해도 좋다. 알아서 해라, 달수야."
달수는 어이없다는 듯이 전도사를 바라보았고, 전도사는 고소름한 표정으로 달수를 바라보았다. 우리는 한 사람씩 조심조심 돌다리를 건넜다. 미끄럽다며 다리 중간에 멈춰 선 여학생도 있었고, 잔뜩 겁을 먹은 채 돌다리를 건너는 남학생도 있었다.
라라가 돌다리에 접어들자마자 난 바로 뒤를 쫓았다. 하얀 운동화를 신은 그녀가 돌다리를 밟을 때마다 철벅철벅

소리가 났다. 징검다리 사이를 빠져나가는 물살이 폭포처럼 거셌다. 혹시라도 그녀가 중심을 잃으면 함께 물속에 뛰어들 작정이었다. 함께 떠내려가도 좋았다. 하지만 라라는 조금도 당황하지 않고, 어떤 흔들림도 없이 징검다리를 통통 잘도 건넜다.

"전도사님, 큰일 났어요."
그날 밤 여학생 하나가 남자 방의 문을 두드리며 소리쳤다. 예상치 못한 상황이라 조금 놀란 전도사가 부스스 일어나 불을 켜고 문을 활짝 열어젖혔다.
"왜? 무슨 일 있니?"
"저기요, 저희 방에 홍수 났어요. 천장 여기저기에서 빗물이 새요."
전도사는 서둘러 여학생들 방으로 갔다. 우리들도 우르르 몰려갔다. 상황을 파악한 전도사는 조금 망설이다가 단호하게 말했다.
"어쩔 수 없구나, 남학생들하고 방을 바꾸자."
전도사의 말에 달수가 발끈했다.
"말도 안 돼요. 남자들이 물고긴가요. 이런 데서 자게요. 그렇지 않아도 꿉꿉해 죽겠는데……."
"하하, 농담이야. 그 말을 믿었어? 하여간, 달수 쟤는 참 단순해."

전도사의 웃는 얼굴은 어울리지 않게 귀여웠다. 그는 손뼉을 치며 우리들에게 말했다.

"할 수 없구나. 한 방에서 지내야겠다. 남학생들은 어서 저쪽 방으로 이불 보따리 날라라. 이러다 이불 다 젖겠다."

여학생들이 모두 남학생들 방으로 건너왔다. 전도사는 방을 반으로 나누어 이쪽과 저쪽, 남녀를 구분했다. 그 경계선에는 전도사가 자리 잡았다. 어수선한 상황이 다소 진정되자 불을 끄며 전도사가 말했다.

"혹시라도 나를 넘다 걸리는 놈 있으면, 쌍코피 터진다. 알았지?"

"네!"

네, 라는 말에 웃음이 터졌다.

네, 라고 대답한 건 남학생들이 아니라 여학생들이었다. 소란스러운 틈을 타 달수가 속삭이듯 말했다.

"너나 잘해라. 하여간 어디 가나 꼭 밝힌다니까."

그때 전도사가 달수의 목소리를 들은 것 같았다. 전도사는 눈을 부라리며 달수를 바라보았고 달수는 눈을 감고 잠든 척했다. 달수 얼굴에 웃음이 가득했다.

소곤거리던 말소리는 어느새 잦아들었고, 하나둘 잠에 빠져들었다. 창문 밖 나무들은 바람에 수런거렸고, 빗방울은 창문을 두들겨댔다. 코 고는 소리도 간간이 들려왔다.

밤이 깊어도 나는 잠들지 못했다. 라라와 나는 같은 방에 누워 있었다.

다음 날 오후, 우리는 밭에 나가 옥수수를 땄다. 가지런한 옥수수 알맹이를 보니 라라의 고른 치아가 떠올랐다. 그녀의 희고 고른 치아를 보면 내 마음까지 가지런해졌다.

뒤뜰 울타리 너머로 맑은 시냇물이 흐르고 있었다. 나는 어둠이 내린 뒤뜰에 앉아 하모니카로 〈클레멘타인〉을 불었다. 초등학교 때 라라의 집 앞을 지날 때마다 들었던 곡이었다. 그때 등 뒤로 발소리가 들렸다. 라라였다. 나는 불던 하모니카를 가만히 내려놓았다.

"하모니카 소리 참 좋다. 〈클레멘타인〉이지?"

"응? 응······."

순간 나는 어물거렸다. 그녀는 빙긋이 웃으며 말을 건넸다.

"나도 좋아하는데."

세상이 잠깐 멈춘 듯했다. 그녀와 나는 잠시 아무 말도 하지 않았다. 어쨌든 용기를 내야 했다.

"나 있잖아······ 초등학교 때 너희 집 앞에서 이 노래 많이 들었어. 네가 풍금 치는 소리가 담 너머에까지 들렸거든."

"그랬었구나······. 참, 어제 커피 고마웠어."

"어어, 그거?"

"내가 준 거 아냐"라고 말할 수 없었다. 나는 그저 웃기만 했다.

"넌 〈클레멘타인〉 왜 좋아해?"

"슬프지만 아름다운 노래잖아."

그녀는 하얀 치아를 드러내며 자분자분 말했다.

"너는 왜 좋아하는데?"

"슬프지만 아름다운 노래니까……."

문득 라라와 똑같은 말이 입에서 나왔다. 그녀가 재밌다는 듯 미소 지었다. 그녀의 손끝에 노을처럼 물든 봉숭아꽃물이 아름다웠다.

"별이 참 많다. 장마라서 비만 오면 어쩌나 걱정했는데……."

밤하늘을 올려다보며 그녀가 말했다. 하늘 가득 크고 작은 별들이 형형히 빛나고 있었다.

"너, 별비 본 적 있니?"

"별비? 그게 뭔데?"

"응, 말 그대로 별의 비야. 별이 비처럼 하늘에서 쏟아지는 거……."

"잘 모르겠는걸. 유진이 너는 본 적 있어?"

신기하다는 듯 그녀가 물었다.

"아니, 나도 아직 못 봤어. 별비는 아무나 볼 수 없대. 세상에 깨어 있는 사람이 단 한 사람이라도 있으면 별비는 내리지 않는대. 그러니까 아무도 볼 수 없는 거지."
"그렇구나. 한 번 봤으면 좋겠다……."
라라는 고요한 눈빛으로 밤하늘을 바라보며 말했다.

자정이 훨씬 넘은 시각, 빡빡한 하루 일과를 마치고 모두들 잠이 들었다. 수련회 마지막 밤이었다. 개구리 울음소리가 여름밤을 흔들었고 소쩍새 우는 소리도 멀리서 들려왔다. 달빛 젖은 나뭇잎들이 바람에 흔들리고 있었다.
방 안은 달빛으로 환했고, 가까운 곳에 라라가 잠들어 있었다. 애써 잠을 청해도 잠이 오지 않았다. 창문 밖 달빛을 바라보다가 달수와 눈이 마주쳤다. 달수가 어둠 속에서 슬그머니 몸을 일으켰다. 그는 검지를 입에 대고 "쉿!" 하고 말했다. 발끝을 세운 그는 살금살금 내게로 다가왔다.
"나하고 자리 바꿔!"
달수가 속삭이듯 말했다.
"왜?"
"뭘 왜야, 인마? 빨리 바꿔."
"됐다니까. 여기나 거기나 별로 차이 없어."
"하여간 이 새끼는 뭘 몰라."
달수는 손가락으로 꼬집듯 내 귀를 잡아끌었다.
"빨리 일어나, 새꺄."
"알았어. 알았어. 일어날게."

내가 자리에서 일어나 엉덩이를 치켜든 사이 달수가 잽싸게 내 자리에 드러누웠다. 나는 달수가 조금 전 누워 있던 곳으로 엉금엉금 기어갔다. 단지 몇 명을 지나왔을 뿐인데 기분은 묘하게 달랐다.

　손을 뻗으면 라라의 얼굴이 닿을 것 같았다. 나도 모르게 손을 길게 뻗었다. 하지만 닿지 않았다. 길게, 더 길게⋯⋯ 뻗었지만 닿을 수 없었다. 체념하려던 순간, 손끝에 그녀의 머리카락이 느껴졌다. 나는 꼼짝할 수 없었다. 불은 꺼져 있었지만 달빛은 끌 수 없었으니까.

5

클레멘타인

어느 날인가 아저씨네 방문 앞에 어지럽게 나뒹굴던 술병들이 모두 사라졌다. 아저씨는 방문을 활짝 열고 해바라기를 하고 있었다. 이전만큼은 아니지만 아저씨 얼굴은 평화로워 보였다.

"수련회 잘 다녀왔냐?"

"네."

"그랬겠지. 네 나이에 뭘들 재미없겠냐."

"아저씨, 하모니카 불어주세요. 〈클레멘타인〉이요."

"라라 보고 싶구나?"

"아니요. 그런 거 아닌데요."

"아니긴 뭐가 아냐, 인마. 다른 사람은 속여도 나는 못

속인다. 왕년에 내가 연애 박사였거든."
 아저씨는 다 안다는 듯이 나를 놀렸다. 나도 질세라 대꾸했다.
 "아저씨는 시인이었니까 말발로 죽였겠죠, 뭐."
 "오늘은 너를 위해 〈클레멘타인〉을 불어주마. 라라 생각하면서 들어라."
 "아이참, 아니라니까요."
 "남자 놈이 뭐 그렇게 마음만 끓이냐? 그냥 꼬시는 거야. 손목을 확 휘어잡고 '저랑 차 한잔 하시지요' 하고 싸나이답게 말하는 거지. 할 수 있지?"
 "네……. 〈클레멘타인〉 다음에 〈예스터데이〉도 해주세요."
 순간 "〈클레멘타인〉은 저도 불 수 있어요"라고 말할 뻔했다. 물론 장난이라고 해도 아저씨에게 그렇게 말할 수는 없었다. 나를 위해 하모니카를 연주해 주는 것이 그에게는 큰 기쁨이었기 때문이다.
 아저씨는 조용조용 〈클레멘타인〉을 불기 시작했다. 이어 비틀스의 〈예스터데이〉도 멋지게 불어주었다. 아저씨의 하모니카 소리는 언제 들어도 일품이었다.
 아저씨와 나는 자장면을 시켜 먹었다. 다섯 마디나 잘려나간 손가락으로 능숙하게 자장면을 비비던 아저씨가 문득 말했다.

"엄마한테 잘해 드려라. 참 좋은 분이시다."
"……."
"너 공고 다니기 싫어하는 거 엄마도 아시지?"
"네, 아세요. 솔직히 원망스러워요. 저도 친구들처럼 인문계 고등학교 가서 좋은 대학 가고 싶었는데, 우리 집은 그럴 형편이 아니잖아요."
"그럴 테지. 넌들 그런 마음 없겠니. 대학을 나와야 사람 대접 받는 똥 쌀 놈의 세상인데……."
"근데 지금은 괜찮아요. 저 소설가 될 거거든요. 책도 열심히 읽고 있어요."
"그래, 꼭 훌륭한 소설가가 되거라."
"네, 아저씨."
"유진아, 꽃등에 본 적 있나?"
"네. 꿀벌처럼 생긴 곤충이잖아요."
"그래 맞다. 꽃등에는 겉모습이 영락없이 꿀벌을 닮았거든. 꽃등에도 꽃밭에서 꿀을 먹고 사니까 꿀벌하고 구분하기가 쉽지 않다. 꽃등에 날개는 두 개고 꿀벌의 날개는 속날개까지 네 개니까 다르긴 분명 다르지만 말이다. 침이 없는 꽃등에는 적으로부터 자신을 보호하려고 꿀벌의 모습으로 자신을 진화시킨 거다. 꽃등에가 자신의 꽁지에도 침이 있다고 착각하지만 않는다면 꽃등에의 진화는 아주 훌륭한 거지. 부족한 게 있어도 꽃등에처럼 너 자신을 진화시키면 되는 거다. 아픔이 가르쳐주는 진실도 있으니까……. 유진아, 자장면은 어떠냐?"

"맛있어요."

"자장면 냄새만 맡으면 돌아가신 어머니가 생각난다. 내가 열여섯 되던 해에 돈 번다고 무작정 서울로 올라왔다. 중국집에서 일 배우려고 주방 보조 일부터 시작했어. 어느 날인가 객지에서 고생하는 아들이 보고 싶다며 어머니가 시골에서 올라오신 적이 있다. 내가 기거하고 있던 중국집 추운 골방에서 어머니와 하룻밤을 보냈다. 가족들 이야기며, 고향 사람들 이야기로 어머니와 나는 밤늦도록 도란도란 이야기를 나누다가 새벽녘에 잠들었는데 잠결에 어머니 울음소리가 들렸다. 온종일 찬물에 설거지 하느라 고무장갑처럼 퉁퉁 부어오른 어린 아들의 손을 잡고 어머니는 그날 밤새도록 우셨다. 내 눈가로 눈물은 흘러내리는데 어머니 얼굴을 볼 수 없었다. 생각해 보면, 우리 어머니도 가시 같은 세월을 살다 가셨다. 멀쩡히 살던 아들 봉사 되었지, 누군가는 자식 놈 손발 되어주어야 하는데 며느리까지 앞을 못 보지……. 늘그막에 얼마나 속상하셨겠냐."

아저씨 눈에 어느덧 눈물이 맺혀 있었다. 나는 고개를 푹 숙이고 말없이 자장면을 입 안으로 집어넣었다.

"유진아, 어려운 일 있어도 용감하게 헤치고 나가거라. 꽃은 햇볕과 바람이 손을 잡아야 피어나니까. 중국집에서 일할 적엔 궁둥이 붙일 틈도 없이 힘들었지만 그래도 그 시절에 책을 가장 많이 읽었던 것 같다. 시인 되겠다고 잠도 안 자고 새벽까지 미친 듯이 책을 읽었거든."

나는 아저씨 얼굴을 그윽이 바라보았다.

그해 겨울 눈 내리던 날, 나는 아저씨네 집 이삿짐을 날랐다. 이삿짐 이래 봐야 비키니 옷장과 옷가지와 이불 몇 채와 부엌살림이 전부였다. 아무리 느릿느릿 이삿짐을 날라도 아저씨네 방 안은 금세 비워졌다. 용달차에 이삿짐을 모두 실었다. 아버지도, 어머니도, 이발관 아저씨도, 전파사 아저씨도 아저씨와 작별 인사를 하려고 나왔다.

"잘 살아요. 천사 같은 양반들이니까 어디 가도 잘 살겠지, 뭐……."

어머니가 안쓰러운 눈빛으로 아줌마의 손을 잡고 말했다.

"심려만 끼쳐드리고 떠납니다. 그동안 감사했습니다. 안녕히 계세요."

아저씨는 습습한 모습으로 사람들과 일일이 작별 인사를 나누었다. 나는 아무 말도 하지 않고 한쪽에 서 있었다.

"나는 너하고 헤어지는 게 제일 슬프다……."

아저씨 목소리에 눈물이 어려 있었다. 참았던 눈물이 내 뺨을 타고 흘러내렸다.

"잘 있어라, 기죽지 말고. 너는 틀림없이 멋진 소설가가 될 거야. 그리고 이거……."
 아저씨는 안주머니에서 하모니카를 꺼내 내 손에 쥐어주었다.
 "헤어지기 섭섭해서 주는 선물이다. 요 아래 문방구에서 샀는데 소리가 괜찮을지 모르겠다. 라라가 보고 싶을 때마다 네가 직접 〈클레멘타인〉을 불어라. 도레미파솔라시도만 알면 간단한 곡은 다 불 수 있거든. 도레미파솔라시도는 나한테 배웠으니까, 마음속으로 노래 부르면서 하모니카 불면 다 불어진다. 못 할 거 없다. 알았지?"
 "네, 아저씨……."
 "그리고 이건 이사 갈 우리 집 주소니까 시간 날 때 꼭 놀러 와라. 여기서 버스 타고 한 시간이면 되거든. 아저씨가 자장면 사줄게. 유진아, 그동안 고마웠다."
 아저씨 말끝이 메었다. 나는 아무 말 못 하고 고개만 끄덕였다. 가난한 살림살이를 용달차에 싣고, 앞 못 보는 아내의 손을 잡고, 아저씨는 우리 동네를 떠나갔다. 점점 멀어져가는 아저씨를 나는 바라보고 또 바라보았다.

6

고드름은 거꾸로 매달려서도 제 키를 키워간다

세상은 때때로 나를 속였다. 세상에 상처 받으며, 내 몸에도 하나둘 가시가 돋아났다. 험한 세상을 건너려면 우선 내 안에 흐르고 있는 큰 강을 건너지 않으면 안 되었다.

고등학교의 마지막 방학이 되자 나는 중앙시장에 가서 헌 리어카를 사 왔다. 귀때기 빨간 사과를 리어카에 가득 싣고 온종일 거리를 돌아다녔다. 이화동, 동숭동, 명륜동, 삼선교, 보문동을 아침부터 밤까지 온종일 돌아다니며 "사과 사세요"를 외쳤다. 그때 난 경험이 이성보다 강하고 언어보다 진실하다는 것을 알았다.

리어카를 끌고 예전에 살던 동네로 갔다. 낮은 언덕을 내려오는데 저 멀리 라라가 보였다. 예쁘고 단정한 모습 그대로였다. 나를 감추고 싶어 모자를 눌러썼다. 그러는 바람에 언덕에서 중심을 잃어 리어카가 길가에 서 있는 자전거를 들이받았다. 수북이 담겨 있던 사과들이 땅바닥에 뺨을 비비며 언덕 아래로 데굴데굴 굴러갔다.
"아이고 아이고 큰일 났네. 큰일 났어."
지나가던 아주머니가 소리쳤고, 사람들이 모여들어 사과 줍는 일을 도와주었다. 아주머니는 외투 앞자락에 한 아름 사과를 주워다 주셨다. 마지막까지 남은 사람은 라라였다. 그녀와 나는 어색한 웃음을 주고받았다.
한참을 걸은 후에야 리어카 위에 검정색 목도리가 있다는 것을 알았다. 라라가 나 모르게 놓고 간 것이었다.
장사를 하며 나는 많은 책을 읽었다. 길가에서도 담벼락 밑에서도 문학이 있어 나는 외롭지 않았다. 배가 고프면 아무도 없는 골목으로 들어가 사과를 먹었다. 바지에 닦아 한 입 가득 사과를 베어 물면 눈에 가득 엄마 얼굴이 고였다.

그런저런 성적으로 졸업한 후, 학교에서 소개해 준 공장에 취직했다. 기계와 씨름하는 것이 내 하루 일과였다. 작업복 주머니에 시집을 넣고 다니며 틈틈이 시를 외웠다. 시집 곳곳에 기름때가 묻어 있었다. 기름때 절은 작업복을 입은 내 모습이 점점 싫어졌다.

밤늦은 시간까지 야간 작업을 하고 나면 온몸이 녹아내렸다. 차라리 부서지고 싶었다. 집으로 돌아와서는 새벽까지 대학 입시 공부를 했다. 쏟아지는 잠이 기름때 절은 작업복보다 더 싫었다. 새벽이면 나도 모르게 방바닥에 잠들어 있었다. 그런 내 모습이 싫어, 어느 날은 줄넘기를 가지고 내 몸을 의자에 꽁꽁 묶었다. 나는 마술처럼 줄넘기를 풀고 아침이면 방바닥에 버젓이 누워 있었다.

마음은 공허했지만, 고드름은 거꾸로 매달려서도 제 키를 키워간다고, 나는 나를 위로했다.

힘들 때마다 라라가 보고 싶었다. 전화를 걸고 싶었지만 그럴 수 없었다. 나는 공돌이었고, 그녀는 명문 여대생이었다.

여러 날 망설이던 끝에 전화를 걸었다. 그녀와 만나기로 약속을 했다. 그녀를 만나러 가는 날, 난 손에 절은 기름때를 닦아야만 했다. 손가락과 손바닥의 기름때는 지워졌지만, 아무리 비벼대도 손톱 밑 기름때는 지워지지 않았다. 손톱 밑을 칫솔로 문지르자 여린 살갗이 벗겨져 손톱 끝에 피가 맺혔다.

만나기로 한 장소는 라라네 학교 앞이었다. 여대생들이 무리를 지어 쏟아져 나오는 진입로를 걸으며 나는 난쟁이처럼 작아졌다.

정문 앞에서 학생들이 집회를 하고 있었다. 학생과 경찰이 몇 미터 간격을 두고 팽팽하게 대치하고 있었다. 확성기를 든 한 학생이 선두에 서서 오른손을 치켜들고 '독재 타도'를 외치고 있었다.

약속 장소인 카페로 들어가자 벌써 라라가 도착해 있었다. 그녀 앞에 앉았지만 시선 둘 데가 없었다. 쩔쩔 매는 나를 보고 그녀가 먼저 말을 건넸다.

"잘 지냈어?"

"응…… 너는?"

"나도 잘 있었지. 전화번호 어떻게 알았어? 깜짝 놀랐어."

"초등학교 때 전화번호 그대로잖아."

"아, 그렇지."

우리는 서먹한 웃음을 주고받았다. 시간이 흘러도 어색함은 메워지지 않았다.

"나 지금 공장에서 일해."

테이블 끝에 시선을 고정한 채 나는 기어들어 가는 목소리로 말했다.

"그랬구나. 힘들어도 좋은 경험 되겠다. 너, 소설가가 되고 싶다고 했었잖아."

라라는 내 복잡한 마음을 아는지 모르는지, 가지런한 치아를 보이며 상냥하게 웃었다.

"좋은 경험이 되겠지. 근데 경험 때문에 공장 다니는 건 아니야. 실력도 없고 형편도 어려워서 선택의 여지가 없었어. 지금은 책만 열심히 읽고 있지만. 열심히 노력하면 언젠가는 소설가가 될 수 있겠지……."

가만가만 고개를 끄덕이는 라라 앞에서 작아지지 않으려고 그동안 읽었던 책에 대해 이야기했다. 칸트와 사르트르와 마르크스와 랭보를 들먹이며 나는 내내 잘난 체했다. 열등감 때문이었다. 그렇게 해서라도 작아진 나를 감추고 싶었다.

"집회 때문에 많이 시끄럽더라. 매일 이러니?"

"응, 그래도 오늘은 덜한 편이야. 최루탄까지 쏘면 여기 못 앉아 있어."

"대학생들이 없었으면 우리나라가 어떻게 되었을지도 몰라. 군인들은 죽을 때까지 권력을 놓지 않을 수 있다고 믿나 봐."

"우리나라 문제 많잖아. 분단 이데올로기 하나로 국민들 꼼짝 못하게 만드는 것도 문제고, 툭하면 전쟁 날 듯 위기감 조성해서 정치적 위기를 모면하려는 사람들도 문제고……."

라라는 긴 숨을 내쉬며 다시 말을 이었다.

"나라 지키는 군인이 국민들 죽이는 건 말도 안 되는 거잖아. 국민을 얕보는 건 군사정권의 환상과 우월주의와 교만 때문이야. 히틀러가 유태인을 죽인 것도 결국은 그런 거고……. 나는 히틀러가 화가 지망생이었다는 것도 이해할 수 없었고, 신학 공부를 한 적이 있다는 것도 이해할 수 없었어."

그녀의 목소리가 조금씩 비틀리고 있었다.

"내 생각도 그래. 수많은 유태인을 학살한 히틀러에게 그런 가지런한 정서가 있었다는 게 나도 믿어지지 않았거든."

"유진아, 어째서 독일 사람들은 히틀러를 지지했을까? 그가 옳지 않다고 생각하는 사람들도 많았을 텐데."

라라가 고개를 갸웃거리며 물었다.

"히틀러가 옳지 않다고 말했던 사람들도 많았어. 히틀러 정권에 저항하며 죽음을 불사했던 사람들도 있었고. 다만 지지하는 세력이 더 많았을 뿐이지. 히틀러는 독일의 정치적, 경제적 파탄을 이용했던 거잖아. 절망에 빠진 인간은 때때로 자아를 버리는데, 자아를 지킨다는 이유로 자아를 버릴 때도 있거든. 자신이 갖고 싶었지만 갖지 못한 힘을 외부에서 찾으려 하고, 그 힘을 주도하는 세력에 동조하면서 마침내 그 주도 세력을 숭배하게 되는 거지. 대부분의 혁명이 이런 방식으로 자신의 지지 세력을 넓혀갔잖아. 반목하는 세력들에게 병도 주고 약도 주면서……. 히틀러도 마찬가지였지. 파시즘은 총칼의 힘으로 민중을 장악하기도 하지만, 혁명과도 같은 방식으로 지지 세력을 모으기도 하니까. 민중의 무지와 맹목과 절망을 교묘히 이용했던 게 파시즘이었으니까……. 권력을 만들어준 것이 권력이 없는 사람들이었다는 게 가슴 아픈 일이지……. 어쩌면 지금 우리도 우리가 알고 있거나 미처 깨닫지 못하는 지배 이데올로기나 집단 가치로 허수아비처럼 살아가고 있는지도 몰라."

그녀는 내 말에 고개를 끄덕였다. 정말 우습게도…… 난쟁이처럼 작아져 있던 내가 조금 커진 것 같았다. 나는 알고 있었다. 열등감 때문에 내가 장광설을 늘어놓았다는 것을. 히틀러를 빗대어 우월주의에 빠져 있는 명문대 학생들을 비틀었다는 것을.

다시 만나자고 하면 만나줄 그녀였다. 정도 많고 이해심도 많은 그녀였다. 하지만 다시 만나자고 할 수 없었다. 그녀와 나는 살아가는 방식이 너무 달랐으니까, 수직과 수평이 너무 달랐고, 가난한 글쟁이가 되겠다는 게 내 꿈의 전부였으니까…….

마음 어둑해져 집으로 돌아오는 길, 빨개진 손가락 끝을 바라보며 마음 아팠다. 그날의 열등감과 절망은 그후로도 오랫동안 상처로 남았다.

7

갈등과 충돌

시골에서 외할머니가 올라오셨다. 칠십이 넘으신 할머니가 기차 타고 버스 타고, 외삼촌 등에 업히기도 하면서 막내딸을 보시려고 먼 길을 오신 것이었다.

몇 해 전부터 치매를 앓아오던 외할머니는 가끔씩 정신이 돌아와 젊은 시절 이야기를 하시곤 했다. 그러다 다시 정신을 놓으면 낮과 밤이 바뀌었고 아무도 알아보지 못했다. 어떤 날은 막내딸을 엄마라고 부르기도 했다. 엄마는 외할머니 손을 잡고 우셨다.

외할머니는 그런 와중에도 순둥이에게 밥 주는 일을 거르지 않았다. 순둥이는 태어나자마자 외할머니 품에 안겨 시골에서 올라온 개였다. 외할머니는 순둥이의 어미를 무척이나 예뻐하셨다고 엄마가 알려주셨다.
 엄마는 외할머니를 모시고 시장에 자주 가셨다. 드시고 싶어 하는 걸 사드릴 요량이었다. 함께 외출할 때, 엄마는 비닐 끈을 돌돌 말아 주머니 속에 넣어두셨다.
 "엄마랑 나랑은 참 질긴 인연이네요. 그렇죠, 엄마?"
 비닐 끈의 끄트머리는 외할머니 손목에 감겼고, 반대쪽 끄트머리는 엄마 손목에 묶었다. 외할머니는 바보처럼 웃기만 했다. 가슴에는 깻잎 크기만 한 이름표가 달려 있었다. 엄마가 낡은 장판을 오려 만든 것이었다.

 이름 : 박순이
 치매로 많이 아픕니다
 도와주세요
 전화 987-XXXX

 외할머니와 외삼촌은 이모네와 우리 집을 오가며 한 달을 보냈다. 외할머니가 다시 시골로 내려가시는 날, 큰딸인 이모와 막내딸인 엄마는 서울역까지 할머니를 배웅했다. 잠시 정신이 돌아온 할머니는 엄마의 손을 놓지 않으셨다.
 기차 떠날 시간이 다 되어가고 사람들이 기차를 향해 뛰어가는데, 할머니는 엄마의 손을 놓지 않으셨다. 그러고는 아무도 모르게 막내딸 손에 꼬깃꼬깃 구겨진 돈을 쥐어주셨다. 큰딸에게 받은 용돈까지 모두 내어주셨다. 손을 놓지 않으려는 늙은 어머니와 헤어져 돌아서는 길, 엄마는 소리 내어 울었다.
　그후 엄마는 할머니가 생각날 때마다 〈비 내리는 고모령〉을 불렀다. 노래를 부르는 엄마 눈가로 눈물이 흘러내렸다.

　　어머님의 손을 놓고 돌아설 때엔
　　부엉새도 울었다오 나도 울었소

　엄마가 그 노래를 자꾸 부르는 까닭을 나는 알고 있었다. 서울역에서 외할머니와 헤어진 그날이 엄마가 외할머니의 손을 잡은 마지막 날이었던 것이다.

　고물 시세가 급속히 떨어졌고 아버지의 고물상도 어느덧 폐허처럼 변해 버렸다. 가족들의 생계를 위해 아버지는 폐차장으로 일을 나갔다.
　아버지는 고등학교를 갓 졸업한 귀때기 새파란 놈들에게 막말을 들으며 온종일 망치질을 했다. 엄마는 동대문 시장 근처에 있는 음식점에서 청소도 하고 설거지도 하며 매일 푼돈을 받아 왔다. 아버지와 엄마에게는 코뿔소의 뿔이 없었다. 바람 한 줄기 치받을 수 있는 염소의 뿔도 없었다. 누대를 거듭해 온 가난을 아버지는 운명처럼 받아들였다.

아버지의 오래된 가죽 잠바는 쓰다 버린 사포처럼 추레하고 너절해졌다. 밤늦게 집으로 돌아온 아버지의 몸에서는 빈대떡 쿰쿰한 냄새가 배어 나왔다. 대물림 되는 가난이 마음 아프다고 아버지는 술에 취해 말했다.

그러던 어느 날, 아버지가 뒷산에서 술병 모양의 도자기를 주워 왔다. 땅속에 묻혀 있던 도자기였다. 뒷산에는 크고 작은 무덤들이 많았다. 봉분이 세월에 깎여 아예 평지처럼 되어버린 무덤도 꽤 있었다.

아버지는 땅 밖으로 주둥이가 나와 있던 도자기를 삽으로 파서 꺼낸 거라고 했다. 주둥이가 조금 깨어진 도자기를 아버지는 애지중지 다루었다. 골동품을 잘 아는 사람에게 물어 그 도자기가 조선 시대 술병이라는 것도 알아 왔다. 주둥이가 깨지지 않았다면 몇 십만 원은 받을 수 있을 거라고 했다.

엄마는 무덤 속에 있는 술병을 집 안에 들였다고 못마땅해했다. 어느 밤, 엄마는 술 취한 아버지 눈치를 살피며 나에게 말했다.

"주둥이도 깨진 거니까 그냥 버렸으면 좋겠는데 느이 아버지가 고집을 피우시는구나."

나도 왠지 꺼림칙한 생각이 들어 한마디 부추겼다.

"아버지, 별것 아닌 것 같은데 그냥 버리시는 게 낫지 않을까요?"

아버지는 아무 대답이 없었다.

"괜한 물건 집에 들였다가 안 좋은 일이라도 생기면 어쩌려고 그래요? 내다 버립시다."

이번에는 엄마가 정색을 하고 말했다. 가만히 듣고만 있던 아버지가 버럭 화를 냈다.

"쓸데없는 소리들 하지 마러. 이게 뭐 어때서 그래?"

잠시 후 마당에서 무언가 깨지는 소리가 요란하게 들려왔다. 밖으로 나간 아버지가 망치로 도자기를 산산이 부수는 소리였다.

"아니, 이게 뭐 어떻다고 집에 안 좋은 일이 생겨? 괜한 생트집을 잡고 난리야."

조각조각 부서진 도자기를 보고도 아버지는 분이 풀리지 않은 것 같았다. 아무 말씀 안 하셨지만 내가 거든 게 아버지를 화나게 한 것 같았다. 아버지의 역정을 묵묵히 듣고 있는 엄마가 안쓰러웠다. 엄마는 늘 그랬다.

"아버지, 엄마한테 그러지 좀 마세요. 엄마가 잘못한 거 아니잖아요!"

그날 난 태어나서 처음으로 아버지에게 대들었다.

"에미가 저러니까 새끼까지 애비를 깔보지."

내 말 한마디에 아버지는 더 노발대발했다. 아버지는 화를 참지 못하고 화분까지 내던지려고 했다.

"마당에 있는 거 다 부수세요!"

나는 홧김에 한마디 더 했다. 아버지가 화분을 부수려고 망치를 치켜 올렸다.

"제발, 이러지 좀 마세요. 제가 잘못했어요, 여보. 잘못했어요."

엄마가 아버지에게 매달렸다. 소용없는 일이었다. 아버지는 엄마가 애지중지하던 화분들을 사정없이 부수기 시작했다. 엄마가 울먹이며 발을 굴렀다.

"다 부수게 놔두세요!"

"조용히 안 해! 너 아버지한테 말버릇이 그게 뭐야?"

엄마가 큰 소리로 나를 나무랐다. 사방으로 흩어진 흙과 화초로 마당은 아수라장이 되었다. 조각난 화분이 위험해 보였다. 맨발로 서 있는 아버지가 발을 다칠 것만 같았다. 내가 빨리 잘못을 빌어야 했다.

"아버지, 제가 잘못했어요. 고정하세요."

"다 필요 없다."

아버지는 막무가내였다. 아버지를 억지로 끌어 마루로 올랐다. 화난 아버지를 진정시켜야 했다. 이성을 잃은 아버지를 힘껏 끌어안았다.

"제가 잘못했어요! 다시는 안 그럴게요."

"이거 놔! 안 놔! 다 필요 없어. 버르장머리 없는 새끼 같으니라고!"

"아버지! 제가 잘못했어요. 진정하세요!"
한참을 끌어안고 잘못을 빌었다. 아버지를 겨우 진정시킬 수 있었다.

사랑을 주는 것도 가족이었지만, 아픔을 주는 것도 가족이었다. 늦은 밤, 달수에게 전화를 걸었다. 소주 반병도 못 마시는 내가 청주를 여섯 병이나 마셨다. 화장실로 가는 계단에서 나는 아무렇게나 쓰러져 잠이 들었다.
달수가 나를 깨웠다. 달수가 나를 부축하려 했지만 괜찮다고, 나 혼자 갈 수 있다고 고집을 부렸다. 비틀거리며 집으로 돌아오자 엄마가 문을 열어주었다. 쓰러지듯 마루에 엎어졌다. 스무 살이 넘은 뒤로 엄마 앞에서 처음으로 울었다. 자신이 물려준 가난 때문에 자식들과 눈도 제대로 마주치지 못하는 아버지를 생각하며 한참을 소리 내어 울었다.
그날 밤, 아버지는 잠든 내 머리맡에 냉수 한 사발을 몰래 두고 나갔다.
모기는 사람의 피를 먹으며 세계 평화를 지키고, 개구리는 모기를 먹으며 세계 평화를 지킨다. 뱀은 개구리를 먹으며 세계 평화를 지키고, 사람은 뱀을 먹으며 세계 평화를 지킨다. 평화는 평화를 통해 지켜지는 게 아니다. 빛이 어둠을 통해 제 모습을 드러내는 것처럼, 어둠이 빛을 통해 제 모습을 드러내는 것처럼, 평화는 우습게도 싸움을 통해

제 모습을 드러낸다.

　인간이 인간을 이해하는 것은 공감에서 우러나오는 것이 아니었다. 인간은 갈등과 충돌을 통해 서로를 이해하는 것이었다. 술에 취한 아버지는 때로는 가족들 마음을 아프게 했지만, 나는 그런 아버지를 이해할 수 있었다.

8

느티나무 아래에서

"유진아, 여긴 웬일이야?"
친구들과 함께 교문을 걸어 나오던 라라가 깜짝 놀란 눈빛으로 나를 바라보았다. 다행히도 라라의 목소리는 밝았다.
"너 만나려고……."
라라를 멀뚱멀뚱 바라보다가 나는 그렇게만 말했다.
"오래 기다렸어? 전화라도 하지."
"……그냥 기다렸어. 기다리면 만날 수 있을 것 같아서. 오랜만이다."
엄벙거리는 내 모습에 라라가 기막히다는 표정을 지으며 웃었다. 라라는 함께 있던 친구들 곁으로 가더니 작별 인사를 하고 다시 내게로 왔다. 라라는 흘러내린 머리칼을 쓸어

넘기며 상긋상긋 웃었다. 라라와 함께 학교 이곳저곳을 둘러보았다. 해가 짧아진 탓에 금세 어둠이 내렸다. 노란 가로등이 있는 커다란 느티나무 아래 자리를 잡았다. 나무 향기가 물씬했고 사방은 고요했다. 가까이 보이는 오래된 건물 벽 위로 담쟁이덩굴이 운치 있게 뻗어 있었다. 소슬한 바람이 불어왔다. 서먹함을 메우려는 듯 머리 위로 흔들리는 나뭇잎을 바라보며 라라가 물었다.

"이게 무슨 나무지?"

"느티나무. 나무들 중에서 바람을 가장 멋지게 받아내는 나무가 느티나무래."

"바람을 멋지게 받아낸다는 게 무슨 뜻인데?"

"느티나무는 품이 넓어서 바람에 수런거리는 잎사귀 소리가 아름답거든."

"그렇구나……. 근데 유진아, 바람은 고요하게 서 있는 나무를 왜 흔들까?"

"바람이 나무를 흔드는 게 아니라, 바람이 지나가는 길목에 나무가 서 있는 건지도 모르잖아……."

라라는 가만가만 고개를 끄덕였다. 잠시 침묵이 흘렀다. 느티나무 가지 사이로 보이는 별빛을 바라보며 라라가 말했다.

"별빛도 나뭇가지 사이로 보이는 별빛이 더 멋지다. 그치?"

"정말 그러네"라고 나도 맞장구쳤다. 몇 억 광년이라는 영원의 시간을 건너온 별빛이었다.

"유진아, 옛날에 교회에서 여름 수련회 갔을 때 정말 좋았었는데. 그날 보았던 밤하늘을 오랫동안 잊을 수 없었어. 근데 서울 밤하늘엔 별이 별로 없다. 그나마 보이는 별도 너무 멀리 있고……."

"서울은 별빛보다 불빛이 훨씬 더 많으니까……. 불을 켜면 별은 멀어지잖아."

라라는 밤하늘을 바라보며 웃고 있었다. 어쩌면 내 가슴 속엔 라라의 기억 속에 있는 별빛보다 더 많은 말들이 있었는지도 모른다.

"……나 요즘 대학 입시 준비하고 있어."

"그렇구나. 내 생각이 맞았네. 그럴 거라고 생각했어."

라라는 긍정의 눈빛으로 나를 격려해 주었다. 바로 그때, 두 눈 가득 별빛을 담은 다람쥐 한 마리가 초나니 걸음으로 다가왔다. 다람쥐는 멀지 않은 곳에 서서 두 눈을 까막까막하며 우리를 바라보다가 바람에 흔들리는 나무 그림자에 놀라 쏜살같이 달아나버렸다.

"차라리 너를 만나지 않았다면 더 좋았을지도 모르겠다고 생각한 적이 있어……."

아픔을 감추며 천연스럽게 말했지만 나도 모르게 한숨이 새어나왔다. 맥락을 건너뛴 말이었지만 라라는 고개를 돌려 처연한 눈빛으로 나를 바라보았다. 나는 후회하고 있었다. 내가 한 말이 낭떠러지가 될지도 모른다는 생각이 들었다. 무슨 말이든 하고 싶었지만 아무 말도 할 수 없었다. 헝클어진 마음속으로 바람이 지나갔다. 느티나무 검은 그림자 위로 잎사귀들이 흔들리고 있었다. 그 순간, 라라가 내 어깨 위로 살며시 머리를 기대어 왔다. 나는 꼼짝할 수 없었다. 숨이 멎을 것만 같았다.

9

앞 못 보는 철학자

아침 일찍 일어나 머리맡에 놓인 하모니카를 집어 들었다. 아저씨가 선물해 준 하모니카였다. 마른침을 삼키고 나서 〈클레멘타인〉을 불었다. 아저씨가 보고 싶었다.

고된 하루 일을 마치고 버스를 두 번 갈아타고 아저씨가 사는 아현동으로 갔다. 다행히 아저씨는 집에 있었다. 아저씨는 오랜만에 찾아간 나를 반갑게 맞아주었다.

"유진아, 잘 지냈어? 부모님은 안녕하시고?"

"네, 별일 없었어요. 아저씨도 그간 안녕하셨죠?"

"그럼그럼. 나도 안녕하고, 우리 예쁜 마누라도 안녕하다. 끼니 찾아 먹을 수 있으면 안녕한 거 아니겠냐. 그치?"

"그럼요……. 아저씨, 얼마 전에 저희 집 이사했어요."

"어, 그래? 어디로 갔는데?"

"미아리요."

"집안 형편이 더 좋아진 거지?"

"아니요. 그 반대예요. 아버지가 고물상 정리하고 다른 곳으로 일 나가시거든요."

"그랬구나……."

아저씨는 씁쓸한 얼굴로 가만가만 고개를 끄덕였다.

"아줌마는 언제 들어오세요?"

"뭐, 한참 있어야 오지. 안마 일이라는 게 원래 그래……. 마누라 혼자 고생하는 것 같아 마음이 늘 안 좋다. 여기 처음 이사 왔을 때 마누라 고운 얼굴에 허구한 날 상처투성이였어. 바뀐 집이 익숙지 않았던 탓이었지. 툭하면 부딪히는 거야. 대문에 부딪혀 이마에 상처 생기고, 부엌문을 들이받아 입술 터지고, 만날 그랬지, 뭐……. 마누라가 조심성이 좀 없거든. 아프지 않냐고 물어보면, 피가 줄줄 흐르는데도 아프다는 말은 죽어도 안 하는 여자야. 아프지 않다고 하면서 왜 그렇게 눈물은 흘리는지……. 보이지 않아도 나는 다 알거든. 그럴 때면 마음이 미어졌지. 얼마나 아팠을까 생각하면 지금도 마음이 쓰려……."

아저씨는 깊은 숨을 내쉬었다.

"그런데 유진아, 공장 일은 좀 어떠냐?"

"뭐, 그냥 그렇죠. 제 몸에서 기름 냄새 나지요?"

앞 못 보는 철학자 65

"뭘, 좋은 냄새지. 당당히 일해서 제 앞가림 제가 알아서 하겠다는 건데. 얼마나 좋은 일이냐. 소설가 되려면 이것저 것 다 해봐야 한다. 그래야 생각이 자유로워질 테니까. 새들이 자유로운 것은 어디든 날아갈 수 있기 때문이잖아. 줄에 묶여 있는 연을 보고 하늘을 난다고 말할 수 있겠냐? 직접 경험한 것이어야 말도 할 수 있고, 글로도 쓸 수 있는 법이다."

"아저씨, 저 요즘 문학 공부 열심히 하고 있어요. 공부라고 해봐야 죽자 사자 책 읽는 거밖에 없지만요."

"독서도 중요하지만 이것저것 경험을 많이 해봐라. 그게 제일 좋은 공부다. 유진이, 너 나이트클럽 가봤지?"

"예? 아니요."

"스무 살 넘은 놈이 촌스럽게 그런 데도 아직 못 가봤냐? 문제다 문제…… 책 속에만 길이 있는 게 아니야. 사람들이 좋다고 소리치며 미쳐 날뛰는 곳에도 가만히 들여다보면 길이 있거든. 가지 말아야 하지만, 때로는 갈 수밖에 없는 길 같은 거 말이다. 상상력은 도발과 낯설음에서 오는 거다. 상상의 언어는 상상으로 만들어지는 게 아니라 보편성을 인정하지 않으려는 광기(狂氣)와 상투성을 가로지르는 삶의 행보로 만들어지는 거니까……. 상상력이 풍부한 사람은 물 위를 걸을 수도 있거든. 꽁꽁 얼어붙은 겨울 강을 뚜벅뚜벅 걸으면 되는 거 아니냐. 사람들을 가두었던 바스티유 감옥을 허물어, 거기서 나온 돌로 사람들이 건널 수 있는 콩코드 다리를 만든 프랑스인들의 상상력은 상상력의 극치라 할 수 있지."

아저씨는 입가에 웃음을 머금고 확신에 찬 목소리로 말했다.

"아저씬, 나이트클럽 가보셨어요?

"그러엄! 두 눈 성할 때는 내가 날렸다. 춤으로 시를 썼다고나 할까, 푸하하. 하여간 나이트클럽 가보면 웨이터들이 출입문에 주욱 서 있거든. 웨이터 모두 다 가슴에 명찰을 달고 있지. 별의별 이름 다 있다. 조용필, 소방차, 차범근, 나훈아……. 대한민국에서 유명한 사람들은 다 모였다고 보면 된다. 사람들이 쉽게 떠올릴 수 있는 이름이어야 기억하기도 쉽고 매상도 더 많이 오를 테니 말이다. 그런데 유명인 이름을 명찰에 새긴 웨이터들의 한계가 뭔 줄 아니?"

"뭔데요?"

"새로운 별이 세상에 떠오를 때마다 이름을 바꿔야 한다는 거야. 열흘 가는 꽃 없거든. 제아무리 반짝이는 별도 시간이 지나면 지는 법이지. 돌고 도는 게 세상이니까."

"아저씨가 웨이터라면 무슨 이름으로 지으실 거예요?"

"나 같으면 '산타'라고 짓겠다. '산타'…… 좋잖아. 명찰 바꿀 필요도 없고. '산타'는 떠오르는 별도 아니고 지는 별도 아니니까, 시간을 견딜 수 있지. 유진아, 앞서가는 사람이 이기는 게 아니다. 멀리 보는 사람이 이기는 거야. 되도록 멀리 보거라. 눈앞에 급급하지 말고 멀리, 아주 멀리 말이다. 가난한 사람들의 꿈은 막연해서는 안 된다."

아저씨는 손까지 치켜들고 저 먼 곳을 가리켰다. 어디까지인지 막연했지만, 그 뜻을 이해할 수 있을 것 같았다.

"유진아, 야비한 사람들을 가리켜 쥐새끼 같은 놈들이라고 하잖냐. 쥐만 보면 눈 가리고 징그럽다고 소리치는 사람들이 얼마나 많으냐. 쌀을 훔치고 병을 옮기는 쥐를 모두들 때려 죽여야 한다고 말할 때, 쥐덫을 만들어 돈을 번 사람들도 있다. 징그러운 쥐로 '미키마우스'를 만들어서 천문학적인 돈을 번 사람들도 있고……. 반대로 생각해 보면 상식보다 더 많은 가치들이 보이는 법이거든. 상식은 인간 세상의 질서일 뿐, 상식 자체가 인간의 길은 아니니까 말이다. 봄에 피어야 마땅한 봄나물이 어찌 신기할 수 있겠냐? 글을 쓸 때는 상식도 중요하지만, 상식을 버리는 것도 아주 중요하다. 하늘색 크레파스로 하늘만 칠할 수 있는 건 아니니까. 나무칼을 가지고도 청룡검을 이길 수 있다는 무모함이 때로는 세상을 변화시킬 수 있는 거니까."

나는 아저씨의 말을 하나하나 가슴에 새겼다.

아저씨는 현상(現狀)을 현상으로 설명하지 않았고 논리를 논리로 설명하지 않았다. 아저씨는 일상적인 예를 통해 현상이나 논리를 설명해 주었다. 아저씨는 그야말로 시인이었다. 앞 못 보는 철학자였고, 아픔을 담담히 이기며 살아가는 로맨티스트였다.

10

아픔은 꿈꾸게 한다

엄마는 기름때 절은 내 손을 만지며 마음 아파하셨지만 꿈이 있어 나는 절망하지 않았다. 공장 일을 하며 열심히 공부했다. 나는 대학에 입학할 수 있었다.

입학을 몇 달 앞두고 나는 평화로운 시간을 보냈다. 오전 내내 책을 읽었고, 오후에는 시내에서 친구들을 만났다.

아버지는 고물상을 그만두시고 몇 년째 아무 일도 하지 않으셨다. 어머니는 온종일 방 안에 앉아 인형 눈알을 붙이셨다. 아버지는 어머니 일을 돕지 않으셨다. 어머니를 도우려고 아버지가 인형 앞으로 다가서면 어머니가 손사래를 치셨다. 남자가 무슨 인형 눈알을 붙이느냐고, 어머니는 단단히 말하셨다. 아버지는 온종일 방 안에 누워 계시다가 저녁이면 가끔씩 밖으로 나가 술을 마시고 들어오셨다. 때로는 그런 아버지가 못마땅해 나는 어머니에게 불평을 늘어놓기도 했다.

"아버지 언제부터 일하신대요?"
"봄이 오면 다시 일 시작하실 거다."
"봄이 와야만 할 일이 있는 건가요, 뭐. 아버지 술은 매일 마시잖아요."
"누구 들을라. 목소리 낮춰라."
"어머니 혼자 너무 고생하시는 것 같아서 그래요."
"아버지 그동안 고생 많이 하셨다. 힘든 고물상일 하시면서 이제껏 식구들 먹여 살리셨다. 좀 쉬셨다가 날 풀리면 뭐라도 다시 시작하실 거다."
"오래 쉬셨잖아요."

나는 불평 섞인 목소리로 말했다.

"그런 말 하지 마라. 느이 아버지 같은 분도 없으시다. 니 등록금 마련하신다고 아버지 요새 험한 일 하신다."
"험한 일이요?"
"모른 척해라."
"…… 아버지 혹시 막일 하시는 거예요?"
"꼭 하셔야 한다고 고집 부리시니 말릴 수도 없었다. 한겨울 막일이 얼마나 춥고 고단하시겠냐. 너무 고단하신지 잠도 제대로 못 주무시고 매일 밤 끙끙 앓으신다."

아버지가 막일을 하신다는 말에 나는 금세 의기소침해 졌다.
"어머니, 대학 등록금은 제가 모아놓은 돈으로 충분해요. 아버지 막일 못하게 하세요."
"그 고집 누가 말리겠냐. 자식 등록금은 당신이 꼭 만드셔야 한다고 고집부리시니 말이다."
"아버지 어디서 일하세요?"
"어딘 줄 알면 가서 모시고 오게? 아예 그런 짓 말거라."
"알려주세요. 가지 않을게요."
"삼양동 가는 길에 있는 송천 초등학교에서 새 건물을 짓는 모양이다. 거기서 일하신 지 벌써 열흘은 되셨다."
나는 말없이 고개를 끄덕였다. 아버지에게 미안했다.

라디오를 들으며 방 안에 가만히 누워 있었다. 불현듯, 아버지가 일하시는 곳에 가보고 싶었다. 옷을 단단히 챙겨 입었다. 겨울바람은 몹시 차가웠다. 입 밖으로 나오는 입김이 금세라도 얼어붙을 것 같았다. 찬바람에 귀가 떨어져 나갈 것만 같았다.
학교 앞 문방구에 바람막이로 쳐놓은 비닐막이 겨울바람에 을씨년스럽게 흔들리고 있었다. 조심조심 전방을 살피며 나는 학교 안으로 들어갔다. 교실 건물 뒤쪽에서 망치 두들기는 소리가 쿵쾅쿵쾅 들려왔다. 망치 소리가 나는 곳으로 한 걸음 한 걸음 다가갔다. 나는 몸을 숨기고 망치 소리가 들리는 곳을 바라보았다. 아버지가 보였다. 공사장 여기저기에 각목과 벽돌이 흩어져 있었다. 우람한 체구에 눈썹이 부숭부숭한 젊은 남자가 아버지를 향해 버럭 소리를 질렀다.

"귓구멍에 마늘쪽을 박았나. 한 번 말하면 말을 안 들어. 최씨, 여기 좀 보슈. 이걸 못질이라고 해놨어요? 하여간 이래서 초짜들은 안 돼. 시간도 없는데 꼭 두 번씩 일을 하게 한다니까. 빨리 와서 이 못들 다 빼요. 못을 이렇게 지르면 어떡해요? 옆으로 질러야 못이 안 빠지지, 이 양반아. 노가다판에서 일당 받으려면 못질이라도 좀 배우고 오든가. 장난하는 것도 아니고 말이야. 개나 소나 몸으로 때우면 다 되는 줄 알아요……."

"죄송합니다. 반장님, 죄송합니다."

아버지는 곤혹스러운 표정으로 몸을 곱송그리고 있었다. 당장이라도 뛰쳐나가 그의 멱살을 잡고 싶었다. 하지만 나는 나설 수 없었다.

"자, 배고픈데 밥이나 먹읍시다."

아버지에게 욕을 퍼부어대던 젊은 사람은 인부들을 향해 소리쳤다. 몇몇 사람이 불이 활활 타오르는 드럼통 앞에 앉아 식사 준비를 하고 있었다. 인부들은 드럼통 주위로 하나둘 모여들었다. 프라이팬 위에서 삼겹살이 구워지고 있었다. 아버지는 추운 바람을 맞으며 못을 빼고 있었다. 한참 후, 아버지는 검정 가방을 들고 작업장 한쪽 끝자리에 앉으셨다. 따뜻한 물 한 잔도 없이 아버지는 찬밥을 꾸역꾸역 드셨다. 아버지 머리카락이 겨울바람에 흩어졌다. 눈송이가 날리기 시작했다. 나는 아버지에게 갈 수 없었다.

늦은 밤, 아버지와 마주 앉아 있었다. 아버지 눈치를 살피며 나는 어렵사리 말을 꺼냈다.
"아버지, 사실은 오늘 낮에 아버지 일하시는 데 갔었어요."
아버지는 적이 놀라시는 눈빛이었다.
"그냥 갔었어요."
"다시는 오지 마라."
"아버지…… 젊은 놈들한테 굽실거리지 마세요."
"낮에 아버지한테 욕한 놈 죽여버리고 싶었어요"라고 말하고 싶었지만 꾹 참았다. 아버지가 속상해하실 것 같았다.
"작업반장 그렇게 나쁜 사람은 아니다. 대놓고 욕하는 사람들은 그래도 낫다. 앞에서 꼬리 치고 발뒤꿈치 무는 놈들이 더 나쁘지. 빙판길보다, 눈 덮인 빙판길을 더 조심해야 한다."
나는 고개를 숙이고 아버지 말을 들었다. 아버지의 야윈 얼굴을 바라볼 수 없었다. 아버지 얼굴에 세월이 지나가고 있었다.

대학 입학식 다음 날, 지도교수가 연구실로 나를 불렀다. 지도교수는 내가 학과 꼴찌로 입학했다고 말했다. 겨우 합격했을 거라 생각했지만 꼴찌인 줄은 몰랐다. 창피했다. 지도교수는 봄볕 쏟아지는 창밖을 잠시 바라보더니 따뜻한 눈빛으로 내게 말했다.

"자네는 자네의 그늘을 인정해야 하네. 하지만 그 그늘만큼 빛이 있다는 것을 믿어야 해. 그늘이 있다는 것은 가까운 곳에 빛이 있다는 거니까……. 내가 자네에게 기대를 해도 괜찮겠지?"

지도교수는 내 손을 잡아주었다. 목이 메어 '네'라고 말하지 못했다. 눈물을 글썽이며 고개만 끄덕였다. 열심히 공부했다. 대학을 졸업할 때까지 나는 내내 전액 장학금을 받았다. 꼴지의 손을 잡아준 지도교수를 실망시켜 드리고 싶지 않았다. 사람을 꿈꾸게 하는 건 기쁨이 아니었다. 사람을 꿈꾸게 하는 건 아픔이었다.

11

너를 기다리는 동안

사람이 사람을 좋아할 때, 사람은 무한히 커지기도 하고, 한없이 쪼그라들기도 한다. 밥도 잘 먹히지 않고, 잠도 잘 오지 않고, 마음은 착해진다. 설레는 마음은 광대무변을 날았다가, 만화방창을 지났다가, 이중성을 지났다가, 의기소침을 지나기도 한다. 때로는 거짓말을 하기도 하고, 침소봉대(針小棒大)를 일삼기도 한다. 누군가에게 나의 사랑을 자꾸만 말하고 싶어진다. 오직 사랑을 위해서만 더듬이를 세우고, 사랑을 속이지 않으려고 일상을 속이기까지 한다. 사랑은 거짓말을 한다. 사랑을 속이지 않으려고 사랑은 거짓말을 한다. 진심을 말하면서도 진심을 방어한다. 사랑은 왜 그럴까, 누군가 묻는다면 사랑하니까, 라고 말할 수밖에 없다. 고요의 언어가 고요인 것처럼 사랑의 언어는 사랑이니까, 라고 말할 수밖에 없다. 사랑은 때때로 관성적 사고까지 부순다. 사랑은 판독 불가능한 지도다. 아니, 사랑에는 지도가 없다.

커피숍 내부는 환했다. 세련되고 심플한 실내장식과 여학생들의 발랄한 웃음소리가 조화로웠다. 잠시 후, 흰색 원피스를 입은 라라가 또각또각 구두 소리를 내며 내 앞으로 걸어왔다.
"많이 기다렸지?"
"아냐, 괜찮아. 많이 늦지도 않았어……."
나는 말을 더듬거리고 있었다. 잠시 침묵이 흘렀다. 무슨 말을 해야 할지 몰라 커피만 마셨다. 창문 옆 스피커에서 스키터 데이비스의 〈세상의 끝(The end of the world)〉이라는 노래가 흘러나오고 있었다. 라라에게 물었다.
"너 이 노래 아니?"
"많이 들어봤는데, 곡목은 잘 모르겠어."
"노래 만든 사연이 가슴 아파. 어느 날, 바닷가에서 죽은 여자가 있었대. 그녀는 사랑을 잃고 스스로 목숨을 끊었나 봐. 사람들이 죽은 여자 옆으로 모여들었는데, 꼭 움켜 쥔 그녀의 손에 편지가 있었대. 사랑을 잃고 죽음을 선택한 여자의 유서였나 봐. 내용이 너무 애절해서 노랫말로 만들고 곡도 붙였는데, 그게 지금 나오는 이 노래야."
"노랫말 아니?"
"조금······. 대략 말한다면, '당신의 사랑을 잃었을 때, 나의 세상은 끝나버렸다' 정도 될 거야. 애인에게 실연을 당했거나 애인이 죽었나 봐. 그래서 바닷가에서 자살한 거겠지. '사랑이 끝났는데 어찌하여 태양은 빛나고 새들은 노래를 부를까요. 사랑이 끝났는데 어찌하여 별들은 빛나고 내 가슴은 아직 뛰고 있는 것일까요. 사랑이 끝났는데 어찌하여 내 눈에선 눈물이 흐르는 것일까요. 당신의 사랑을 잃었을 때, 세상이 끝났다는 걸 그들은 왜 모르는 것일까요. 당신의 사랑을 잃었을 때, 나의 세상은 끝나버렸습니다.' 이런 내용이야."
"참 슬프다."
라라는 가만가만 고개를 끄덕였다. 우리는 잠시 말이 없었다. 침묵을 메우려고 나는 얼마 남지도 않은 커피를 마셨다.
"유진이, 너는 글 쓰고 싶다고 했잖아. 어떤 글 쓰고 싶은데?"
"오랫동안 고민했는데 아직 잘 모르겠어. 화가 박수근이나 고흐의 그림을 닮은 글을 쓰고 싶다는 생각은 늘 했었지. 박수근의 그림 속엔 아주 평범한 사람들이 나오거든. 이웃집 할아버지나 할머니, 아주머니나 아이들 같은 그런 평범한 사람들······. 박수근의 그림을 보면 사람들의 소소

한 일상이 그려져 있잖아. 인간의 진실과 선함을 그리는 게 박수근의 예술관이었는데, 〈아기 업은 소녀〉나 〈빨래터〉 같은 그림들을 보면, 인간 안에 있는 따뜻한 정감을 끌어내는 힘이 있거든."

"고흐를 닮은 글을 쓰고 싶은 이유는?"

라라는 진지한 눈빛으로 물었다.

"고흐가 그린 〈별이 빛나는 밤〉에서 역동적인 힘을 느꼈어. 푸른 밤 속에 그려 넣은 노란 별빛을 가만히 들여다보면 서정의 강물이 힘차게 흐르고 있거든. 〈론강의 별밤〉은 사람들이 어느만큼의 거리를 두고 있을 때 서로가 가장 빛날 수 있는지를 말해 주는 것 같았고. 고흐가 밤하늘에 그려놓은 별들의 구도를 보면, 별들은 서로를 방해하지 않고 딱 그만큼의 거리에서 빛나고 있어. 그림도 감동이었지만, '사랑보다 진실한 예술은 없다'는 고흐의 말이 나를 더 감동시켰어. 고흐의 생각이 고흐의 그림을 이끌고 간 것이겠지. 나도 처음에는 사람이 생각을 끌고 가는 줄 알았는데, 아닌 것 같아. 생각이 사람을 끌고 가는 거 같아. 박수근도 그랬고 고흐도 그랬으니까."

"그렇구나. 멋지다."

라라는 잠시 머뭇거리며 시계를 봤다. 라라는 미안한 표정을 지으며 말했다.

"유진아, 내가 지난번에 말했잖아. 나, 오늘 7시에 선약 있었다고. 기억나지?"

"응. 기억나. 나도 신촌에서 친구 만나기로 했거든."

라라와 나는 커피숍을 나왔다. 마음속에 있는 것들을 조금도 말하지 못해 아쉬웠다. 몇 년 전, 라라를 만났을 때보다 마음은 한결 가벼웠다. 뭐라 말할 수 없는 슬픔이 있었지만, 손톱 밑에 절은 기름때를 벗기려고 칫솔질을 했던 시절과는 분명 다른 슬픔이었다.

라라가 7시에 만나기로 한 사람은 누구일까? 남자일까, 여자일까. 남자라면, 사랑하는 사람일까? 나는 이런저런 생각으로 마음이 아팠다.

신촌에서 만날 친구는 없었다. 그냥 그렇게 말하고 싶었다. 허허로운 마음으로 길을 걷다가 근처 꽃집으로 들어갔다. 로즈마리 화분을 샀다. 로즈마리 잎사귀를 만질 때마다 허브 향기가 손끝에 스며들었다. 로즈마리 향기를 라라에게 주고 싶었다. 라라네 집으로 가는 버스를 탔다. 아버지의 사업 실패로 라라는 변두리에 있는 연립주택에서 살고 있었다. 라라가 살고 있는 반지하 연립주택 창가에 아무도 모르게 로즈마리 화분을 두고 올 생각이었다. 차창 밖은 어두웠다. 멀리 보이는 남산 타워에 휘황한 불빛이 반짝거리고 있었다.

불 켜진 라라네 집 안에 사람 그림자가 어른거렸다. 먼발

치에서 한참을 서성거렸다. 발걸음 소리를 죽이며 조심조심 라라네 집 창가로 걸어갔다. 몸을 한쪽으로 숨기고 화분 받침대 쪽으로 팔을 길게 뻗었다. 화분 받침대 위에 로즈마리 화분을 올려놓았다. 마음이 환해지는 것 같았다. 로즈마리 향기가 스며 있는 손끝을 킁킁거리며 집으로 돌아왔다. 손끝에 남아 있는 로즈마리 향기는 밤이 늦도록 지워지지 않았다.

12

로즈마리 향기는 바람에 날리고

아저씨가 보고 싶었다. 저녁 무렵 아저씨가 살고 있는 아현동으로 갔다. 산동네에는 어둠이 내려 있었다. 기억을 더듬었지만 골목이 하도 많아 그 골목이 그 골목 같았다. 한참을 헤맨 뒤에 아저씨 집을 찾을 수 있었다. 아저씨가 살고 있는 방에 불이 켜져 있었다. 다행이었다.

"아저씨…… 아저씨……."

방문을 다르르 열고 아저씨가 나와야 하는데 아무런 소리가 들리지 않았다.

"아저씨, 저 유진이에요."

대문 안쪽에서 다르르 방문 여는 소리가 들렸다.

"누구요?"

주인집 할머니가 헝클어진 귀밑머리를 쓸어 넘기며 대문을 열고 나왔다.

"안녕하세요. 저는 여기 사시는 아저씨를 만나러 왔습니다. 예전에도 한 번 왔었거든요."

"이걸 어쩌나. 헛걸음하셨네. 그 냥반 이사 갔어요. 이제 여기 안 살아요."

"언제 이사 가셨어요?"

"한 달도 넘었지, 아마."

"혹시 어디로 이사 가셨는지 아시나요?"

"나야 잘 모르지. 어디로 간다고 말은 들었던 것 같은데, 나이 먹어 그런지 통 기억이 안 나네. 그런데 젊은인 그 냥반하고 어떻게 아는 사이신가?"

"예전에 아저씨하고 같은 동네에 살았었거든요. 군대 가기 전에 인사드리려고 왔어요. 오랫동안 못 볼 것 같아서요."

"반가운 손님 같은데 헛걸음해서 어쩌나, 쯧쯧……. 그나저나 그 냥반 참 딱한 냥반이에요. 소식 들었죠?"

"아니요. 아저씨한테 무슨 일 있었나요?"

"몰랐어요? 그 냥반 안사람이 죽었어요. 교통사고루다가. 앞 못 보는 사람이라고 뺑소니차가 쳐놓고 그냥 내뺐나 봐요. 못된 놈 같으니라고. 하여간에 못된 놈들이 너무 많아. 세상이 어떻게 되려고 이러는지……."

로즈마리 향기는 바람에 날리고 83

달수는 방위 판정을 받고 동사무소에서 일하고 있었다. 달수와 함께 동사무소 근처에 있는 삼겹살집으로 갔다.
"캬! 술맛 좋다. 유진이 너도 군대 가는구나. 군대는 봄에 가는 게 좋다는데, 하필 추울 때 가냐?"
"군대 가는 게 내 마음대로 되냐. 가라면 가고 오라면 오는 거지."
"그나저나 라라는 만나봤냐?"
"응, 얼마 전에."
"병신아, 만날 짝사랑만 할 거야? 끝장을 봐야지. 곁에서만 빙빙 도니까 힘만 들잖아. 멀쩡하게 생긴 놈이 왜 그러냐. 너 꿀릴 거 없어. 라라가 너보다 좋은 대학 다녀서? 일류, 일류 하는 건 출세 좋아하는 꼰대들이 지들 잘 먹고 잘 살려고 만든 거잖아. 너는 책도 많이 읽는 놈이 그것도 모르냐? 라라가 그렇게 좋으면 끝장을 보라니까."
"군대 가는 놈이 뭔 끝장을 보냐. 라라 좋아하는 사람 있대. 군대만 아니면 한 번 끝장을 보고 싶은데, 몇 개월 있으면 군대 끌려갈 놈이 무슨 힘이 있겠냐."
"골키퍼 있다고 골 안 들어가냐? 깡다구로 밀어붙여."
"달수야, 골키퍼 있으면 골 안 들어가. 사람은 공이 아니니까. 사랑은 축구가 아니거든. 공이 골대 안으로 들어가면 골키퍼의 슬픔이지만, 사람이 골대 안으로 들어가면 골키퍼의 적이 되거든."

"어려운 말 같은데 그럴듯하다."
달수는 빙긋이 웃었다.
"그럼 포기한 거야?"
"아니……."
"골키퍼 있어도 골 들어간다니까. 포르투갈에 하늘이 내린 골키퍼가 있었는데, 왼쪽, 오른쪽으로 뻥뻥 차도 다 막는 거야. 하늘이 내린 골키퍼니까. 게다가 연습벌레였대. 그러다 어느 날 한 골을 먹었는데, 어이없게도 공이 가랑이 사이로 들어간 거야. 왼쪽 오른쪽으로 들어오는 공은 죽어라 연습했는데 가랑이 사이로 들어오는 공은 연습을 안 했거든. 누구에게나 허점이 있다는 거지. 골키퍼 있어도 골 들어간다. 내 주변에서도 몇 번 봤거든. 남녀 관계라는 게 충분히 그럴 수도 있는 거 아니냐?"
"하긴 달수 네 말도 틀린 건 아니다. 사랑하는 건 어려운 일이 아니지만 끝까지 사랑하는 건 어려운 일이니까…… 사랑은 변하는 거니까……."
"거럼. 거럼. 이 자식이 이제야 형님 말 알아듣네."
"달수야, 걱정 마라. 군대 가서 라라한테 편지 보낼 거다. 나, 라라 못 잊어……."
달수는 더 이상 말이 없었다.
"달수야, 라라가 좋아하는 사람 있다고 했잖아. 누군지 아니?"

"누군데?"

"정태. 박정태."

"아버지가 의사라는 우리 동창?"

달수는 아연한 얼굴로 나를 바라보았다.

"응."

"그 새끼 지네 집 잘산다고 엄청 잘난 체했는데."

"의대 다닌다고 하더라."

"의대면 다냐? 라라가 어떻게 그런 새끼하고 사귀냐?"

"나도 잘 모르겠다. 나도 얼마 전에 알았다."

"유진아, 네가 그런 새끼는 거뜬히 뭉갤 수 있어. 그냥 한 방에 날려버려. 네가 못하면 내가 할게. 그런 바람둥이 제비 새끼들은 다리몽둥이를 부러뜨려야 하거든."

"주먹으로 사랑하냐, 새꺄. 난 괜찮아."

달수는 식식거리며 소주를 입속에 털어 넣었다.

"달수야, 고맙다."

"고맙기는 뭐가 고맙냐? 도움도 못 되는데."

"그냥 고맙다. 늘 내 편 돼주어서……."

"유진아, 하나만 물어보자. 너는 왜 너 좋다는 여자는 마다하고 라라만 그렇게 좋아하냐?"

"사랑이 원래 그런 거잖아. 죽이 되든, 밥이 되든, 내가 좋아야 사랑이 되는 거잖아."

"알았다. 알았어. 니 똥 굵다, 새꺄."

달수는 피식 웃었다.
"유진아, 한잔 마셔라. 술 놓고 고사만 지내지 말고."
달수는 불쾌하게 취해 있었다. 나는 아무 말도 하지 않았다.

며칠 후 라라를 만나 자전거를 탔다.
"정태하고는 잘되니?"
"어떤 게 잘되는 건데?"
"그냥, 사이좋으냐고?"
"사이 별로 안 좋아. 자주 싸워. 끝내고 싶은데 그게 잘 안 돼. 집착인지도 모르지만, 사람이 사람을 좋아하는 건 어차피 집착이잖아."
라라는 깊은 숨을 내쉬었다. 사랑은 집착이라는, 라라의 말에 마음이 아팠다. 사랑은 집착이었다. 집착하지 않는 사랑은 어쩌면 사랑이 아니었다. 집착을 버릴 때 사랑은 사랑이 될 수 있다고 사람들은 말했지만, 집착을 버리면서 사랑은 사랑을 버린다.
"……유진아, 정태 여자 친구 많아."
"화나지 않니?"
"별로……."
라라는 내 등에 얼굴을 기대고 있었다. 라라는 울고 있었다.

지난밤 꿈처럼 들판은 푸르지 않았다. 바람도 잔잔하지 않았다. 라라의 평화로운 웃음소리도 들리지 않았다. 나는 자전거 페달을 힘껏 밟았다. 속도를 잃어버린 자전거가 하늘로 날아오를 수 있도록 힘껏, 아주 힘껏, 페달을 밟았다.

집으로 돌아온 뒤에도 라라의 눈물이 자꾸만 생각났다. 라라에게 편지를 쓰다 말고 집을 나섰다. 어떤 편지도 라라를 위로할 수 없을 것 같았다. 집 근처에 있는 꽃집에서 라라에게 줄 로즈마리 화분을 샀다.

라라네 집은 불빛이 환했다. 거실 유리창으로 텔레비전 파란 불빛이 어른거렸다. 이전에 갖다 놓은 로즈마리 화분이 창가에서 잘 자라고 있었다. 몸을 낮추고 창가로 조심조심 걸어갔다. 새로 가져간 로즈마리 화분을 창가에 가만히 올려놓았다. 화분이 보이지 않을 때까지 화분을 바라보며 라라네 집 앞 골목을 빠져나왔다. 로즈마리 향기는 집으로 오는 내내 손끝에 남아 있었다.

13

나의 웃음은 나의 눈물이었다

대학로에 있는 카페에서 라라를 만났다. 라라는 스크래치가 있는 빛바랜 청바지에 화사한 민트색 스웨터를 입고 있었다. 물끄러미 창밖을 바라보는 라라의 눈빛 속에 뜻 모를 소요가 있었다. 보헤미안 차림의 카페 주인 여자가 사각쟁반 위에 커피와 크루아상을 들고 우리 자리로 다가왔다. 주인 여자가 우리 자리를 떠난 뒤 라라가 내게 물었다.

"유진아, 동쪽에서 가장 먼 곳이 어딘 줄 아니?"

"동쪽에서 가장 먼 곳? 동쪽에서 가장 먼 곳은 서쪽이잖아. 그런데 서쪽이 답이라면 묻지 않았을 것 같고. 서쪽이 아니라면 나도 잘 모르겠는데."

"동쪽에서 가장 먼 곳은 동쪽일지도 몰라."

요령부득의 라라의 말에 나는 잠시 어리둥절했다.
"무슨 의민데?"
"그냥 그런 생각이 들었어. 사랑하는 사람들 사이에선 그럴 것 같다는 생각이 들었거든. 논리적으론 맞지 않는 말이지만, 세상엔 전적으로 옳은 것도 없고 전적으로 틀린 것도 없잖아. 기린보고 키가 크다고 말하면 사람들이 고개를 끄덕일 거고, 기린보고 키가 작다고 말하면 나무들이 고개를 끄덕일 테니까. 한동안 마음이 뒤죽박죽이었는데 이제 조금씩 정리되는 것 같아."
라라는 허탈한 표정을 짓더니 잠시 뒤 말을 이었다.
"사람을 기쁘게 하는 것들은 사람을 슬프게도 할 수 있다는 걸 알았어."
라라의 말에 나는 아무 말도 하지 않았다. 불현듯 달수가 했던 말이 생각났다.
"달수가 그러는데, 밀림을 헤치고 가는 데는 말보다 코끼리가 낫대. 코끼리는 무대포 정신이 있어서 밀림을 두려워하지 않으니까."
"무슨 의미야?"
"어…… 그게…… 그게 말이야…… 내가 늘 지진부진하니까 달수가 나한테 했던 말이야. 꼭 해야 하는 일이라면 코끼리처럼 밀고 가라는 말이겠지……. 달수가 이런 말도 했어. 도끼로 사과 깎는 사람들도 문제 많은 거라고.

웃기지?"

무슨 말이라도 하고서 그 말 뒤에 얼른 숨어버리고 싶었다.

"그건 또 무슨 말인데?"

"달수는 자기가 추진력이 너무 강해서 쫄딱 망했대. 도끼로 사과 깎을 만큼 무모했다는 말이겠지. 달수는 마음에 드는 여자 있으면 무조건 밀어붙이거든. 남자든 여자든 열 번 찍어 안 넘어가면 뿌리째 뽑으면 된다고 말하면서……. 달수가 좀 무데뽀거든."

라라는 깍지 낀 손을 풀며 큰 소리로 웃었다. 라라를 따라 나도 웃었다.

"유진아, 어릴 때는 빨리 어른 되면 좋겠다고 생각했거든. 그런데 어른 되고 나니까 어릴 때가 훨씬 더 좋았던 것 같아. 유진이 너도 그러니?"

"응, 어릴 때가 더 좋았지. 어른들은 너무 복잡해. 아이들보다 꿈이 많은 것도 아니고 상상력이 풍부한 것도 아닌데 말이야. 아이들은 단순하잖아. 기쁘면 웃고 슬프면 울고……. 어른들 중엔 도무지 속을 모르겠는 사람들이 있더라고. 물론 좋은 사람들도 있지만 웃으면서 뒤통수치는 사람들도 있고…… 백번 잘하다가 한 번 못하면 인간관계 끝장나는 것도 생각해 보면 무시무시한 일이잖아."

나도 모르게 조금은 낯선 목소리로 말했다.

"아무리 생각해도 어릴 때가 더 좋았어. 어른 되고 나니까 몸은 더 자유로운데 생각은 더 많은 굴레 속에 갇혀 있는 것 같아."

라라가 입술을 비죽거리며 말했다.

"다들 그렇게 사는 거지, 뭐. 사람들은 자유를 원하면서도 신념이나 양심 같은 구속을 통해 자유를 얻으려고 하니까. 자유를 얻기 위해서는 자유를 버려야 하는데 그게 쉽지 않은 거겠지."

"아무튼 어른 되고 나니까 쓸데없는 생각도 많아지고 한 치 앞이 보이지 않을 때도 있어. 어쩌면 내가 문제겠지만…… 사람에겐 자신보다 더 큰 우상이 없을 테니까."

라라는 깊은 숨을 내쉬며 말했다.

"너무 많이 생각하지 마. 지나친 건 미치지 못한 것과 같다고 하잖아. 과유불급(過猶不及)…… 알지? 지진을 예측하는 지진계는 없거든. 지진 같은 거 안 일어날 거라고 생각하며 그냥 사는 거지."

"그러고 보면 사람 참 별거 아냐. 바로 코앞에 일도 모르잖아."

"코앞에 일을 모르니까 살 수 있지. 그거 알면 사람 못 산다."

"그건 그렇지만……."

관자놀이를 손가락으로 지그시 누르며 라라가 말했다.

우리는 잠시 아무 말도 하지 않았다. 공간적 균형을 잃어버린 창가 낡은 스피커에서 끌로드 치아리(Claude Ciari)의 기타 연주곡이 흐르고 있었다. 끌로드 치아리 앨범을 라라에게 선물한 적이 있었다.

"지금 나오는 곡 알지?"

"〈첫 발자국〉이잖아. 예전에 너한테 선물 받은 앨범에 들어 있는 곡. 맞지?"

"기억하는구나. 이 곡을 들으면 눈 내리는 길을 걸어가는 것 같아."

"나도 같은 생각한 적 있는데."

라라는 웃고 있었다. 라라의 손을 잡으면 금세라도 창밖에 눈이 내릴 것 같았다.

"유진아, 너 겨울 좋아하지?"

"응."

"나는 추워서 겨울 싫은데. 그래도 눈 오는 날은 좋아. 눈이 내리면 빠르게 움직이는 것들도 느리게 보이거든. 총알처럼 달리는 자동차들도 느리게 보이고, 달리기하는 아이들도 느리게 보이고……."

라라는 가지런한 이를 보이며 환하게 웃었다. 라라에게 물었다.

"내가 왜 겨울 좋아하는지 아니?"

"왜 좋아하는데?"

"봄이 가까워서."

"그럼 겨울을 좋아하는 게 아니라 봄을 좋아하는 거네?"
"아니, 겨울이 좋아."
"왜?"
"봄이 가까우니까."
"치, 그런 말이 어딨어?"
"겨울엔 봄을 기다릴 수 있잖아. 그래서 겨울이 좋아."
라라가 입꼬리를 올리며 피식 웃었다. 라라를 따라 나도 웃었다.
"……유진아, 너…… 로즈마리 좋아하지?"
라라는 돌다리를 건너듯 조심조심 내게 물었다.
"아니."
라라의 갑작스러운 물음에 나는 그렇게 대답했다.
"우리 집 창가에 로즈마리 화분 갖다 놓은 사람 너 아니니?"
"나 아닌데……."
라라를 바라보며 나는 어색하게 웃었다. 반어적 의미의 웃음은 아니었다. 종이 위에 새 한 마리를 그렸는데 그 새가 종이 밖으로 나와 하늘로 훨훨 날아간다면 얼마나 당황스러울 것인가……. 기억의 심상(心象)으로만 간직하고 싶었던 로즈마리였다.
"유진이 네가 갖다 놓은 줄 알았는데. 너 맞잖아. 그치?"
라라가 내 얼굴을 살피며 다시 물었다.

"나 아냐."
"그럼 누구지? 정말 넌 줄 알았어."
라라는 고개를 갸웃거렸다. 웃음을 머금은 라라 얼굴에서 로즈마리 향기가 나는 것 같았다.
"유진이 너 10월에 군대 간다고 했지?"
"응."
"이제 얼마 안 남았네. 시간 너무 빨리 간다."
라라의 말끝에 아쉬움이 묻어 있었다.
"……유진아, 너 군대 가면…… 다시는 못 볼지도 몰라."
"……왜?"
"아직 확실히 결정된 건 아니라서 지금은 말하기가 좀 그래."
"정말 다시 못 볼 수도 있는 거야?"
"……응."
라라는 미안함이 가득한 얼굴로 고개를 끄덕였다. 몹시 답답했지만 나는 더 이상 묻지 않았다. 다시 못 볼지도 모른다는 라라의 담담한 말에 나는 이미 기가 죽어 있었다. 되똑거리는 몸을 세우고 라라의 얼굴을 바라보았다. 라라의 형형한 눈빛 속엔 아무런 동요도 없었다. 나는 희미하게 웃었으나 나의 웃음은 나의 눈물이었다.

산 아래에서 바라보는 산하고 산에서 바라보는 산은 분명 다를 것이었다. 하지만 나의 그늘을 망각하는 것은 허위

일 거라고, 그 순간 나는 생각했다. 삶의 반전 속엔 죽음 근처의 절망이 있을지도 모른다고, 나는 나에게 말했다. 평화의 배후를 만들지 못하고 평화를 종용하는 나는, 나의 독재자였으며 체념은 내가 숨 쉴 수 있는 유일한 도피처였다. 소멸의 어떠한 그림자도 근접할 수 없는 체념의 방어벽은 때때로 나에게 평화를 주기도 했다. 인간은 슬프거나 아프거나 위험에 처했을 때 비로소 자신의 모습을 정직하게 바라볼 수 있다. 하지만 세상엔 도무지 내 힘으로는 어쩔 수 없는 것들이 있다. 나도 모르는 사이 신앙의 축이 되어버린 사랑이 그랬다. 천 개의 강을 비추는 건 하나의 달빛이었다.

14

어머니의 전 재산

군에서 휴가를 나왔다. 라라에게 전화를 걸었다. 라라의 전화번호는 더 이상 라라의 전화번호가 아니었다. 라라는 한국에 없었다. 라라가 살고 있는 집 근처 동사무소에서 라라와 라라 가족들이 이민 갔다는 것을 알았다. 먼발치에서라도 라라를 볼 수 없었다. 나는 불도 켜지 않고 오후 내내 방 안에만 누워 있었다.

달수를 만났다. 달수는 잔뜩 들뜬 얼굴로 월급봉투를 꺼내 보였다.
"한 달 빵이 쳐서 번 돈이다. 제법 많거든."
"아버지 빵집에서 일하는데, 월급도 받냐?"

"그럼 새꺄, 아들이라고 공짜로 부려먹냐?"

"그건 그렇지."

"유진아, 말도 마라. 우리 아버지 때문에 나 죽는 줄 알았다. 방위 소집 해제되는 날부터 빵 기술 배우라고 밤낮으로 들들 볶였다."

"너 이제 빵 잘 만들겠다?"

"거럼. 내가 누구냐? 빨리 돈 벌어서 나도 빵집 하나 차려야겠다. 빵 먹으러 와라. 넌 공짜다."

"그때 가서 딴소리하지 마라."

"형님이 한 입으로 두말하는 거 봤냐? 유진아, 오늘 이 돈 다 쓰는 거다. 알았지?"

"돈 모아서 빵집 차린다며? 지랄하지 말고 술이나 한잔 사라."

"걱정 마, 짜샤. 오늘은 이 형님이 너를 위해 잔치를 베풀어줄 테니까. 기대해라. 아 참! 유진아, 라라는 만났냐?"

"아니."

"왜? 만나기 싫대? 아직도 팅기냐?"

"라라, 이민 갔어."

"이민?"

"응."

"다른 나라로?"

"그럼 새꺄, 같은 나라로 이민 가냐?"

"어디로 갔는데?"

"미국."

"졸라 멀리도 갔네. 그래서 너 이렇게 풀이 죽었구나?"

"기분 참 더럽다."

"잊어, 새꺄. 여자가 라라밖에 없냐? 기분도 꿀꿀한데 우리 방배동 가자. 오늘은 예쁜 언니들하고 광란의 밤을 보내는 거야."

나는 아무 말도 하지 않았다. 나는 무엇으로든 망가지고 싶었다.

달수와 함께 술집으로 갔다. 나는 마시지도 못하는 술만 마셨다. 나를 지탱해 준 것들이 나를 무너뜨릴 때, 내가 할 수 있는 건 나를 파괴하는 일뿐이었다. 절망은 스스로 몸을 던진다. 절망은 절망 속으로 몸을 던진다. 엉덩이가 붙은 동네 개들에게 돌맹이를 던졌던 어린 시절이 생각났다. 눈물이 흘러내렸다. 내 안의 라라가 울고 있었다. 절망의 고도에서 인간은 자신을 만날 수 있을 거라고, 절망의 고도에서 인간은 자기 안의 짐승을 만나고, 자기 안의 짐승과 화해할 수 있을 거라고, 나는 나를 위로했다.

밤을 꼬박 새우고 술집을 나왔다. 비 내리는 거리에 푸른 나뭇잎들이 떨어져 있었다. 절망이 절망을 위로할 수 있다는 말은 한낱 관념일 뿐이었다. 관념과 배치된 현실에 의해, 신념과 배치된 행동에 의해, 인간은 좌절하고 절망한다. 라라를 생각하며 집으로 가는 길, 길가 꽃집이 눈에 들어왔다. 꽃집 안으로 들어가 로즈마리 화분을 샀다. 라라네 집으로 가는 버스를 탔다. 빗줄기는 점점 더 굵어졌다. 비를 맞으며 라라네 집 앞을 서성거렸다. 로즈마리 잎사귀들이 빗방울에 흔들거렸다. 로즈마리 향기가 코끝에 후욱 끼쳤다. 내 안에 화인(火印)처럼 남아 있는 로즈마리였다. 라라가 살았던 집 창가로 걸어갔다. 몸을 낮출 이유도 없었고 발걸음 소리를 죽여야 할 이유도 없었다. 창가 화분 받침대 위에 로즈마리 화분을 올려놓았다. 비 맞는 로즈마리를 나는 한참 동안 바라보았다.

부대로 복귀하기 며칠 전이었다. 달수 아버지가 병원에 입원하셨다. 교통사고였다. 문병을 가려면 뭐라도 사 가지고 가야 했다. 미안한 얼굴로 어머니에게 돈을 달라고 했다. 어머니는 돈이 없다고 했다. 우리 집은 왜 이렇게 가난하냐고 어머니에게 말했다. 어머니는 말이 없었다. 어머니 눈에 눈물이 맺혔다.

빈손으로 병원을 다녀왔다. 남은 휴가 기간 내내 어머니를 데면데면 대했다. 부대로 복귀하는 날, 어머니는 담담한 척 슬픔을 누르고 있었다. 어머니는 만 원짜리 세 장을 내 손에 쥐어주었다. 어머니가 내게 미안하다고 했다. 돈을 빌리러 어머니가 옆집에 다녀왔다는 것을 나는 알고 있었다. 어머니는 버스터미널까지 함께 가고 싶다고 했다. 나는 시큰둥 고개를 끄덕였다. 버스터미널에 도착했다. 표를 끊고 승강장으로 나갔다.

"걱정 마세요. 다녀올게요."

눈물이 나올 것 같았다. 나는 얼른 버스에 올랐다. 창가에 앉아 밖을 내다보았다. 버스가 출발할 시간이었다. 사람들 사이에 있던 어머니가 보이지 않았다. 여기저기 살펴보아도 어머니는 없었다. 버스가 출발하려고 시동을 걸었다. 창밖으로 어머니가 달려오는 모습이 보였다. 번쩍 든 어머니 손에 계란과 사이다가 들려 있었다. 시외버스 조그만 창문을 열고 손을 길게 뻗었다. 어머니가 건네주는 것들을 가까스로 받았다. 처연하게 나를 바라보는 어머니 얼굴이 점점 멀어졌다.

계란을 먹는데 목이 메었다. 어머니 얼굴이 생각나 목보다 마음이 먼저 메었다. 부대로 돌아와서도 내내 어머니 생각을 했다. 마음이 아팠다.

어머니는 그날 세 시간을 걸어 집에 가셨다. 막내아들 생각하며, 눈물을 찍으며, 세 시간을 걸으셨다. 아들 먹이기 위해 당신의 전 재산을 지불하셨다. 바람개비를 돌아가게 한 건 바람이 아니었다. 바람개비를 돌아가게 한 건 바람개비의 구멍 뚫린 가슴이었다.

군에서 제대하고 3학년에 복학했다. 학교를 다니고 싶지 않아 주머니 속에 자퇴 원서를 늘 가지고 다녔다. 대학 간판 같은 건 아무것도 아니라는 생각이 들었다. 차라리 배수진을 치고 문학에 목숨 걸고 싶었다. 자퇴를 결심하고 아버지 어머니에게 말씀드렸다. 아버지는 절망하셨고 어머니는 울면서 나를 달래셨다. 군대까지 갔다 온 자식이 부모의 뜻을 함부로 저버릴 수도 없었다. 내 인생은 내 인생이고 부모의 인생은 부모의 인생이지만, 때론 나의 인생이 부모의 인생이 되기도 했고, 부모의 인생이 나의 인생이 되기도 했다.

15

나는 아버지를 닮아 있었다

학원에서 아이들을 가르치는 동안 마음 아픈 일도 많았다. 진실을 의심 받을 때도 있었고 장삿속이라고 수군거리는 아이들도 있었다. 다니고 싶으면 다니고, 그만두고 싶으면 언제든 그만둘 수 있는 곳이 학원이었다. 제도권 밖 교육의 한계였다. 심약한 나에게 그것들은 상처가 되었다. 아이들에 대한 기대가 허물어지기 시작했다. 나에 대한 기대가 허물어지기 시작했다. 학생들에게 관심 받으려고 전전긍긍하는 내 모습이 보였다. 학생들에게 관심 받으려고 때로는 다른 선생님들과 경쟁하는 내 모습이 보였다. 결혼한 뒤로 돈에 집착하는 내 모습도 보였다. 설상가상의 시간은 비틀비틀 그렇게 지나갔다.

끝끝내 갈 길은 아니었지만, 학원 강사 생활에 나는 점점 회의를 느끼고 있었다. 내 마음은 새로운 시작을 준비하고 있었다. 아주 오랫동안 준비한 일이었다.

아내가 딸을 낳았다. 나도 아빠가 되었다. 마음이 뭉클했다. 나를 낳아준 부모가 생각났다. 부모가 된다는 것은 세상을 사랑하겠다는 약속이었다.

돌 지난 딸아이를 가슴에 안고 인천 가는 버스를 탔다. 중간쯤 지나 아이가 울기 시작했다. 아무리 달래도 소용없었다. 아내가 달래도 소용없었다. 아이 울음소리에 인상을 찌푸리는 사람들도 있었다. 거듭거듭 뒤를 돌아보며 눈치를 주는 사람도 있었다. 나는 식은땀을 흘리며 우는 아이를 달랬다. 옆에 앉아 있던 아줌마도 환한 웃음으로 아이를 달랬다. 앞에 앉아 있던 할머니도 뒤를 돌아보며 아이를 달랬다. 할머니가 나에게 말했다.

"어린아이 때문에 엄마, 아빠가 욕보네요. 우는 아이들이 건강한 법이지요. 아프면 울지도 못하거든……. 육 남매 낳아 길러보니까 알겠더라고……."

할머니가 호호 웃었다. 앞니 빠진 할머니의 웃음을 보고, 아이가 신기하게도 울음을 멈췄다. 환한 웃음으로 아이를 달래준 분들은 아이를 키워본 적 있는 할머니와 아줌마였다. 아픔을 달래주었던 사람들은 아픔을 겪었던 사람들이었다. 사람 많은 버스에서 우는 아이를 달래며, 가보지 않은 길에 대해서는 옳다, 그르다, 말하지 않겠다고 나는 다짐했다.

부부싸움도 사랑의 변주다. 결을 맞추는 동안 부부는 싸운다. 나도 아내와 부부싸움을 했다. 대판 싸우기도 했고 사소한 싸움도 있었다. 초가을이었다. 식탁 위에 철이 지난 반쪽짜리 수박이 놓여 있었다. 아이가 칼자루를 장난감처럼 손에 쥐고 수박 옆에 앉아 있었다. 시퍼런 칼이었다. 아내가 쓰레기를 버리러 밖으로 나간 사이였다. 아찔했다. 위험을 방치한 아내에게 화를 냈다. 말다툼 끝에 수박을 거실 한가운데로 집어던졌다. 내 안의 소용돌이를 감추지 못했다. 마당쇠 배통만 한 수박 반쪽이 박살났다. 빨간 속살을 폭죽처럼 튀기며 수박은 방바닥과 벽지 위로 산산이 부서졌다. 불타봐야 가슴에 숯덩이만 남는다는 것을 알면서도 기어이 불을 질렀다. 수박씨들이 벽과 바닥 여기저기에 붙어 있었다. 까만 수박씨가 시궁쥐 눈깔처럼 내 눈치를 살피고 있었다. 아내는 기가 막힌다는 표정으로 딸아이를 데리고 방으로 들어가버렸다. 화낼 이유는 있었지만 수박을 던진 건 내 잘못이었다. 아내와 딸아이에게 미안했다. 부서진 수박을 치웠다. 일 초 동안 던진 것을 한 시간 동안 치웠다.

나는 아버지를 닮아 있었다. 밥상을 던지고 화분을 부수었던, 아버지의 가장 싫었던 모습을 나는 닮아 있었다. 원하든, 원하지 않든, 꼼짝없이 닮아야 하는 것도 있었다. 마음이 아팠다. 누군가 다가와 나의 빈 깡통에 동전을 '쨍그랑' 던지고 지나가는 소리가 들렸다.

며칠 후, 아내가 작업실로 들어왔다. 아내는 오지그릇 가득 삶은 밤을 가지고 왔다. 알맹이만 있는 토실토실한 밤이었다. 맛있었다. 가을이 입 안 가득 부서졌다. 넌지시 바라본 아내 손가락에 하얀 물집 두 개가 보였다. 밤 껍질을 벗겨내며 아내는 자기 손가락까지 벗겨냈다. 물끄러미 바라보았을 뿐, 나는 아무 말도 하지 않았다. 벗겨진 아내 손가락을 바라보며, 사랑한다는 한 마디 말을 하는데도 아픔이 필요하다는 것을 알았다. 아내에게 미안했다. 나는 아내의 풍경 속으로 다시 걸어갈 수 있었다.

사랑을 확신해도 사랑을 확신할 수 없는 게 사랑이다. 사랑이 사랑이 되기 위해 필요한 건, 함께한 시간의 문제도 아니고 인간의 문제도 아니다. 인간을 이해할 수 있는 건 그와 함께한 시간의 문제일 테지만, 인간을 진심으로 이해할 수 있는 건 함께한 시간만이 아니다. 서로의 다른 시간과 서로의 다른 치욕과 서로의 다른 상처를 통해 인간은 인간을 더 많이 이해할 수 있다.

이성이 눈을 감으면, 악마는 춤을 춘다. 내가 살아가는 시간과 공간 속에 악마는 시시각각으로 살아 있다. 폭력이 악마고, 겸손을 가장한 거룩한 교만이 악마다. 상대성을 인정하지 않는 절대성이 악마고, 어둠을 깔보는 빛이 악마다. 어둠을 반성하지 않는 어둠이 악마다. 악마는 살아 있다. 내 안에, 사람 안에, 고스란히 살아 있다.

저녁 무렵, 어머니 전화를 받았다. 어머니 목소리에 시름이 가득했다. 몇 날 며칠 동안 술만 마시는 아버지 때문이었다. 어머니 하소연에 퉁명스럽게 몇 마디 대꾸를 하고 전화를 끊었지만, 마음이 편치 않아 어머니 집으로 갔다. 어머니 얼굴이 몹시 창백해 보였다.

"큰일이다. 너희 아버지 저러다 돌아가신다. 그놈의 술 징그럽지도 않은지 아침부터 저렇게 술만 마신다."

어머니가 눈물을 글썽이며 말했다.

"며칠이나 됐는데요?"

"벌써 일주일째다."

"식사는요?"

"하루에 한 끼 먹을 때 있고 아예 안 먹는 날도 있다."

"아버지 알코올중독이에요. 정상적인 사람들은 저러지

않아요."

"오 개월이 넘도록 술 한 모금 마시지 않다가도, 한 번 입에 대면 끝장을 보니 이걸 어쩌면 좋으냐? 네가 아버지 좀 설득해 봐라. 내 말은 들은 척도 안 하신다."

어머니 한숨 소리를 등 뒤로 들으며 아버지가 있는 방으로 들어갔다. 방문을 여는 순간 술 냄새가 코를 찔렀다. 아버지는 어둠 속에 웅크리고 앉아 술을 마시고 있었다. 슬며시 아버지 앞에 앉았지만 무슨 말부터 해야 할지 몰랐다.

"……아버지, 술 그만 드세요. 이러다 병나세요."

아버지는 아무 말이 없었다.

"어머니를 생각해서라도 그만 드세요. 어머니 모습이 말이 아니에요."

"오늘까지만 마실 거니까 여러 말 마라."

아버지가 귀찮다는 듯 통을 주었다.

"오늘까지만, 오늘까지만 하시면서 지난번에도 열흘 넘게 마시셨잖아요. 그만 드세요, 아버지……."

나는 술병을 뒤로 감추며 자리에서 일어섰다. 그 순간 아버지가 버럭 소리를 질렀다.

"너 정말 이럴 거냐? 어서 술병 내려놓고 나가. 가족이고 뭐고 다 필요 없으니까."

아버지의 성난 눈빛이 무서웠다. 아버지는 술에 취하면 완전히 다른 사람이 됐다. 온화함과 고요함은 사라지고 눈동자도 목소리도 얼굴 표정도 사나워졌다.
"아버지, 제발 그만 드세요. 술 드신다고 해결되는 것도 없잖아요."
"술병 내려놔!"
"아버지, 이러지 마세요."
술병을 뺏으려고 아버지가 내 쪽으로 손을 뻗었다. 순순히 내줄 수 없어 술병을 더 힘껏 쥐는 순간 따귀가 올라왔다. 갑작스러운 따귀에 눈이 번쩍 뜨였다.
"이 새끼가 버르장머리 없이. 내놔, 이 새꺄!"
"못 드려요!"
나는 사납게 대들었다. 또다시 두 번의 따귀가 올라왔다.
"때리지 마세요! 아버지 위해서 이러는 거잖아요! 아버지 알코올중독이라는 거 아시죠?"
"근데, 이 새끼가 죽을라고. 너 죽고 싶어?"
아버지가 손을 다시 올리는 순간 어머니가 방문을 열고 황급히 들어왔다.
"여보, 내가 잘못했어요. 유진이 내가 불렀어요. 고정하세요."
어머니는 겁에 질린 얼굴로 울고 있었다.
"이런 새긴 왜 불러? 나쁜 놈의 새끼……."
아버지는 숨을 몰아쉬고 있었다. 아버지 목소리가 떨리고 있었다. 어머니는 내 손에 있는 술병을 뺏으며 방문 밖으로 나를 밀어냈다. 집으로 돌아오는 길, 자꾸만 눈물이 나왔다.

16

사랑의 기쁨

글쓰기에만 전념하고 싶었다. 나에게 재능이 있었는지, 있는지, 있을 것인지 나는 몰랐다. 아무래도 좋았다. 아내와 상의한 후 입시 학원을 그만두었다. 일하지 않고 일 년 정도 버틸 수 있는 생활비를 마련한 뒤였다. 아내는 애써 태연한 척했지만 아내 얼굴엔 불안이 역력했다. 아내에게 희망을 주고 싶어 온종일 책상 앞에 앉아 있었다.

밤을 새워가며 글을 썼다. 글 쓰는 일은 내게 있어 자유이면서 질곡이었다. 오랫동안 써놓은 글이 마음에 들지 않았다. 읽고 또 읽어보아도 울림이 없었다. 글 곳곳마다 허수아비처럼 서 있는 내 그림자가 불편했다. 지렁이 열 마리가 꼬리에 꼬리를 문다고 방울뱀이 될 수는 없었다. 전통과 짝퉁 사이의 거리는 이해와 오해 사이의 거리만큼 멀었다. 공들여 써놓은 단편소설 두 편을 찢어버렸다. 그후로 나는 오랫동안 글을 쓸 수 없었다. 온종일 방 안에 누워 책만 읽었다.

당장의 생활비를 벌어야 했다. 새벽에 일어나 신문배달을 했다. 신문배달이 끝나면 다시 글에 매달렸다. 등불 아래 앉아 새벽을 건넜다. 나는 눈물로 빵을 만들었고, 아내는 나의 뒷모습으로 빵을 만들었다. 우리의 밤은 환했다. 아내와 나는 서로를 비춰주는 등불이었다. 만 원이 있으면 만 원으로 밥을 먹었고, 천 원이 있으면 천 원으로 상다리가 부러졌다. 우리는 행복했다. 건너야 할 강이 있었으므로 우리는 행복했다.

어머니가 병원에 입원하셨다. 병실에 누워 있는 어머니 얼굴이 가을 민들레처럼 파리했다. 여섯 명이 함께 쓰는 병실이 있어서 천만다행이라고 어머니가 말하셨다. 병실료는 하루에 만 원만 내면 된다고 어머니는 웃으며 말하셨다. 노랑꽃 핀 어머니 얼굴에 골짜기가 가득했다. 까마득한 시간 동안, 안으로 안으로 울음을 삼키며 어머니는 고목나무가 되어 있었다. 자식에게 봄을 주려고 어머니는 날마다 겨울이었다. 철이 들어 어머니의 풍경 속을 걸어 나온 뒤 나는 다시는 어머니의 풍경 속으로 돌아갈 수 없었다. 갈 수만 있다면 어머니의 풍경 속으로 다시 돌아가고 싶었다.
환자복 사이로 어머니의 늘어진 젖가슴이 보였다. 어머니 젖가슴이 철 지난 꽃처럼 쪼글쪼글했다. 마음 아파 얼른 고개를 돌렸다. 저녁 무렵, 어머니가 있는 병실에 허리 굽은 할머니가 새로 들어오셨다. 할머니 걸음걸이가 벼랑 끝에 서 있었다. 걸음걸음마다 삶과 죽음이 두꺼비씨름을 하고 있었다. 칠십이 훌쩍 넘은 할머니는 병실 끝 유리창 아래 야윈 몸을 뉘였다. 할머니는 말이 없었다. 할머니 손을 잡은 할머니의 아들도 말이 없었다.

어머니가 계신 병원에 가는 길이었다.
꺅꺅꺅꺅. 꺅꺅꺅꺅.
숲 속을 걷는데 까치 울음소리가 요란했다. 까치들이 호들갑을 떨며 졸참나무 위를 이리저리 날아다니고 있었다. 까치들 날갯짓에 커다란 나뭇잎만 떨어져 내렸다. 큰일 났다. 둥지를 빠져나온 아기까치 한 마리가 높은 나뭇가지 끝에 서 있었다. 겁먹은 아기까치는 조그만 몸을 바들바들 떨고 있었다. 비행 연습이 아니었다. 엄마, 아빠까치는 아기까치 주위를 날아다니며 안절부절못했다. 몸집이 제법 큰 새끼라서 어미까치는 입으로 물어 올릴 수도 없었다. 다리로 안아 올릴 수도 없었다.

사랑의 기쁨

꺅꺅꺅꺅. 꺅꺅꺅꺅.

근처에 사는 까치들도 하나둘 모여들었다. 열 마리도 넘는 까치들이 이 나무에서 저 나무로 꺅꺅꺅꺅 분주히 날아다녔다. 졸참나무 커다란 잎사귀들이 하르르 하르르 떨어져 내렸다. 애꿎은 나뭇잎만 수북이 떨어져 내렸다. 가지 끝에 앉아 있는 아기까치가 중심을 잡으려고 날개를 파닥거렸다. 아기까치의 중심은 무너질 듯 무너질 듯 무너지지 않았다. 아기까치는 둥지로 돌아갈 수도 없었고, 하늘로 날아오를 수도 없었다.

아…… 아기까치가 나무에서 떨어졌다. 날갯짓도 제대로 못하고 땅으로 곤두박질쳤다. 아기까치는 무사했다. 어른 까치들이 나무 아래 떨어뜨려 놓은 푹신한 나뭇잎들이 있어서 아기까치는 다치지 않았다. 아기까치 구하려고 어른 까치들은 나무를 흔들었다. 나무를 흔들어 커다란 나뭇잎을 수북이 떨어뜨려놓았다.

엄마가 있는 병실에 도착했다. 병실 유리창 가득 풍선꽃이 피어 있었다. 빨간색, 파란색, 노란색, 보라색, 흰색……. 희뿌연 병실 유리창이 하룻밤 사이에 때때옷을 입었다. 창가로 들어온 가을바람을 맞으며 오색 풍선이 방글방글 얼굴을 비벼대고 있었다. 새로 온 할머니 보라고 할머니 아들이 붙여놓고 간 풍선이었다. 할머니 아들은 트럭 운전사라고 했다. 풍선꽃 아래 누워 할머니는 온종일 아들을 기다렸다. 인생은 그런 거라고, 자식이 부모 되고 부모가 자식 되는 게 인생이라고, 어머니는 낮은 목소리로 말하셨다. 어머니 옆에 누워 있다 까무룩 잠이 들었다. 잠결에 할머니 신음 소리가 들렸다.
"엄마…… 엄마…… 엄마……."
할머니가 아이처럼 엄마를 부르고 있었다. 여든을 지척에 둔 할머니가 어쩌자고 엄마를 부르는 것인가. 할머니 주름진 눈가로 눈물이 흘러내리고 있었다. 할머니에게도 보고 싶은 엄마가 있었다. 엄마꽃은 바람에 떨어진 뒤에도 자식을 위해 꽃길을 만들어야 했다. 엄마는 죽어서도 죽을 수 없는 이름이었다. 할머니 손을 잡아드리고 싶었다. 늘어진 눈꺼풀을 무대의 막처럼 내리고 엄마를 부르고 있는 할머니를 안아드리고 싶었다. 막이 내리면 할머니도 주인공이 되리라. 셀 수도 없을 만큼 가슴 가득 국화 꽃송이 받으리라. 나는 눈물을 누르고 창밖을 바라보았다.
병원에서 퇴원하신 뒤로 어머니는 몇 달 동안 통원 치료를 받으셨다. 병원비 한 번 제대로 마련해 드리지 못한 터라 어머니께 늘 죄스러웠다. 텅 빈 지갑 때문에 달수 이외엔 다른 친구들도 만나지 않았다. 사업하는 동창생은 여러 명이 마신 술값을 내며, 돈은 인격이라고 말했다. 그를 이해할 수 없었지만 아무 말 하지 않았다. 어차피, 사람은 사람을 이해할 수 없다. 사람들 대부분은 기껏해야 자신과의 일치나 공감만을 이해할 뿐이다. 삶에 있어 옳고 그름을 결정하는 건 일상의 상투성도 아니고 사회적 통념도 아니고 맹목의 교조도 아니고 타성도 아니다. 옳고 그름을 결정하는 건 대개의 경우 자신의 기준이다. 자신의 입장이란 폭력보다 더 무서운 것이다.

크리스마스이브 날이었다. 나는 아침밥도 먹지 않고 오전 내내 글을 썼다. 배가 고팠다. 찬물에 더운밥을 말아 달게 먹었다. 마른 멸치를 고추장 찍어 반찬으로 먹었다. 멸치가 빨간 얼굴로 나를 노려보았다. 책을 읽으며 밥을 먹었다. 무심코 책장을 넘기는데, 손에 든 멸치가 물 말은 밥 속으로 퐁당 빠졌다. 멸치가 살아났다. 신기했다. 멸치는 은빛 꼬리를 살랑살랑 흔들며 푸른 바다로 헤엄쳐 갔다. 멸치를 따라 나도 바다로 헤엄쳐 갔다.

아내가 조심스레 나를 깨웠다. 나는 밥상 위에 엎드려 자고 있었다. 밤을 꼬박 새운 탓이었다. 아내는 내 손을 잡아주었다. 아내 눈 속에 에델바이스 흰 꽃송이가 하늘거리고 있었다.

저녁 무렵, 아내와 딸아이를 데리고 종로로 나갔다. 넉넉지 못한 살림에 주눅 들어 있는 아내와 딸아이를 조금이라도 기쁘게 해주고 싶었다. 아내와 딸아이 손을 잡고 어둠

내린 종로 거리를 걸었다. 저녁을 먹을 만한 곳을 찾았다. 값싼 음식을 먹어도 슬퍼할 아내는 아니었다. 그날만이라도 비싸고 맛있는 음식을 사주고 싶었다. 아내는 종로 뒷골목에 있는 조그만 분식집이 좋다고 말했다. 손님도 없는 허름한 분식집이었다. 못마땅해하는 내 손을 끌며 아내가 말했다.
"예수님은 마구간에서 태어나셨잖아요……."
어린 딸아이 손을 잡고 분식집으로 들어갔다. 음식을 먹는 내내 나는 고개를 숙이고 있었다. 어린 시절, 가족들과 함께한 밥상 앞에서 눈물 흘리셨던 아버지가 생각났다. 가난한 밥상에 둘러앉은 가난한 아내와 자식들 때문에 그 옛날 우리 아버지는 눈물 흘리셨다. 아버지가 흘리셨던 눈물을, 아버지가 되어 나는 알게 되었다.

17

손때 묻은 무지개

 오랜만에 명동성당에 갔다. 진입로 계단을 오르는데, 계단 한쪽에 앉아 한 사내가 껌을 팔고 있었다. 무심코 지나쳤다가 나는 얼른 다시 고개를 돌렸다. 한 걸음 한 걸음 가까이 가보았다.
 아…… 아저씨였다.
 아저씨는 걸인처럼 행색이 초라했다. 흰머리도 성성했고 얼굴에 주름도 가득했다.
 "아저씨……."
 목이 메었다.
 "누구세요? 절 아는 분이신가요?……. 아! 유진이구나? 유진이 맞지?"

"네, 아저씨."
"이게 몇 년 만이냐? 셀 수도 없을 만큼 오래된 것 같구나. 유진아, 반갑다. 정말 반갑다."
아저씨는 눈물을 글썽이고 있는 내 손을 잡아주었다.
아저씨를 데리고 근처 중국음식점으로 갔다.
"아저씨 자장면 좋아하시잖아요?"
"그럼그럼. 자장면 좋아하지."
"아저씨가 옛날에 자장면 참 많이 사주셨는데. 기억나시죠?"
"그랬지. 우리 그때 자장면 많이 먹었지."
아저씨는 아이처럼 웃었다.
"유진아, 그동안 잘 지냈냐?
"네. 잘 지냈어요."
"결혼도 했냐?"
"그럼요. 딸도 하나 있는걸요."
"그랬구나. 세월 참 빠르다. 유진이 네가 아빠가 되었다는 게 도무지 믿기질 않는구나. 아버님 어머님은 모두 안녕하시지?"
"네, 모두 건강하세요."
"한 번 뵙고 싶구나. 좋은 분들이셨는데……."
신산한 삶에도 아저씨 목소리는 여전히 따사로웠다.
"아저씨, 예전에 아현동 사실 적에 제가 아저씨네 집 놀러 갔었잖아요. 기억나시죠?"

"그럼. 기억하고말고."

"저요. 군대 가기 전에도 아현동 아저씨네 집에 갔었어요. 아저씨가 이사 가서서 뵐 수 없었지만요."

"아아, 그랬었구나. 또 왔었구나. 아현동에선 일 년도 못 살고 이사했다. 마음 아픈 일이 참 많았지."

아저씨는 깊은 숨을 내쉬었다. 아저씨가 내쉬는 한숨의 의미를 나는 알고 있었다.

"너는 식구가 늘었는데, 나는 식구가 줄었구나. 우리 집사람은 벌써 죽었다. 교통사고로 먼저 갔지. 뺑소니차에 치여 아무런 보상도 못 받았다. 죽은 사람만 불쌍하지, 뭐. 산 사람은 어찌 되든 살아가니까."

빙긋이 웃고 있었지만 아저씨 얼굴은 쓸쓸해 보였다.

"유진아, 우리 소주도 한잔할까?"

"네. 그럼요. 아저씨 술 좋아하시잖아요."

나는 자장면과 탕수육과 소주를 시켰다.

아저씨는 예전보다 술을 급하게 마셨다. 말수도 줄었다.

"아저씨, 생활하시기는 괜찮으세요?"

"밥은 먹고사느냐, 그 말이지? 잘 살고 있지. 이게 뭔 줄 아냐?"

"껌이잖아요."

"껌이 아니라 무지개다. 나는 무지개를 팔고 있다. 이거

봐라. 빨간색, 노란색, 초록색, 흰색, 주황색, 파란색……. 영락없이 무지개잖니. 내가 파는 무지개는 향기도 기막히다. 색깔은 볼 수 없지만 향기라도 맡을 수 있으니 다행이지…….”

아저씨는 가방 속에 있는 껌 통을 꺼내 보이며 말했다.

"너하고 술 마시니까 이상하다. 꼭 고등학생 데리고 술 마시는 것 같다.”

아저씨 혀가 비틀리고 있었다.

"아저씨, 술 더 드셔도 괜찮겠어요? 많이 드신 것 같은데요. 아저씨 계신 곳까지 제가 모셔다 드릴게요.”

"너하고 처음으로 마시는 술인데 내가 취하기야 하겠냐. 걱정 마라. 몇 년째 다니는 길이라 눈 감고도 훤히 볼 수 있다. 감을 눈도 없지만 말이다. 걱정 마라, 유진아.”

"네, 아저씨. 걱정 안 할게요.”

"마누라 죽었을 때 마음 많이 아팠다. 하지만 어쩌겠냐. 마음 아파도 잊어야지. 사람이 살다 보면 이런 일 저런 일 다 당한다. 순탄한 인생은 없다. 그렇다고 삶을 두려워하진 마라. 생쥐 손바닥에 고양이 얼굴 그려놓고 무섭지? 무섭지? 하면 생쥐가 무서워하겠냐. 바람은 다 지나간다. 지나간 바람은 춥지 않거든. 유진이 너는 씩씩하게 살아라. 기죽지 말고 제멋대로 방황도 하면서……. 진실만이 세상을 이끌고 가는 건 아니잖냐. 질투와 이기심과 절망과 싸움이 세상을 이끌고 갈 때도 있으니까……. 용기 있는 사람이 되려면 때로는 비겁한 사람도 되어야 하는 것처럼 말이다."

아저씨 얼굴엔 세월이 역력했지만, 아저씨 웃음은 여전히 소년 같았다. 단아한 말솜씨도 여전했다.

"아저씨, 지금 어디 사세요?"

"여기서 가까워. 회현동에 살거든. 나, 지금 으리으리한 아파트에서 산다. 아파트 이름이 뭔 줄 아냐?"

"뭔데요?"

"꿀벌 아파트다. 다닥다닥 붙어 있는 방들이 꼭 벌집 모양으로 생겼거든. 방이 얼마나 큰지 벌 한 마리만 들어가도 움직일 공간이 없다. 일명 쪽방촌이라고 하지. 하루 벌어 하루 먹고사는 사람들이 온종일 막일 하고 저녁에 잠만 자러 들어오는 곳이다."

"회현동에 그런 곳이 있어요?"

"내 방에 오면 별 다섯 개짜리 특급 호텔도 아주 가깝게 보일 거다. 우주로 귀환하는 비행접시를 이빨로 꼭 물고 있는 남산타워도 가깝게 보일 거고……. 이웃집 청년에게 들어 알고 있지……. 그런 것들이 쪽방 사람들에게 희망이 될지 절망이 될지는 모르겠지만, 아무튼 기막히게 멋진 곳이다. 허기사 불빛 반짝이는 바깥세상이 없다면 쥐구멍에 사는 생쥐들은 마음이 얼마나 캄캄하겠냐. 바깥에 나와도 주워 먹을 게 없을 테니까 말이다."

아저씨의 말이 세상에 대한 긍정인지, 부정인지, 나는 알 수 없었다. 나는 잠자코 아저씨 술잔에 술을 따랐다.
"아, 참, 유진아, 너 지금도 글 쓰냐? 네 꿈이 소설가 되는 거였잖아."
"네. 책도 한 권 나왔어요."
"야아, 잘됐구나. 책까지 나왔으면 꿈을 이룬 거네? 잘했다. 잘했어. 내 그럴 줄 알았다."
"책 한 권 냈다고 소설가 되는 건가요, 뭐. 사람들에게 읽히지도 않았어요. 저는 열심히 썼는데 그저 그런 책이었나 봐요. 아직 포기하지 않았어요. 이제 겨우 한 권 썼는걸요."
문득, 마음이 짠했다. 아주 오래전, 내 마음이 아플 때마다 아저씨가 나를 위로해 주었던 일이 생각났다.
"걱정 마라, 유진아. 너는 해낼 수 있으니까. 사람이 사과나무를 심으면 나중엔 사과나무가 사과나무를 심는 법이다. 첫술에 배부를 수 있겠냐? 마음은 안됐지만 첫 번째 책이 그리 된 건 오히려 잘된 일일지도 모른다. 무슨 일이든 일사천리로 잘되면 사람을 망치기 쉽다. 언제 한 번 내가 사는 쪽방촌에 놀러 와라. 옆방 사람이 우는 소리, 웃는 소리, 아주 생생하게 다 들리거든. 글 쓰는 게 뭐 별거냐? 사람들 웃고 우는 거 쓰는 거지. 유진이 너는 사람들을 위로할 수 있는 소설을 썼으면 좋겠다. 사람들을 위로하려면 자신의 아픔도 말해야 하니까 난감함도 있겠지만 그래도 어쩌겠냐. 아픔을 위로할 수 있는 건 아픔일 테니 말이다."
아저씨는 웃고 있었다. 별빛 내린 아저씨의 캄캄한 눈빛이 형형하게 빛났다.

창밖엔 어둠이 내려 있었다. 종종걸음을 치며 집으로 돌아가는 사람들의 발걸음으로 거리는 분주했다.
내가 화장실을 다녀온 사이 아저씨가 없어졌다. 내가 동행할까 봐 먼저 간 것이었다. 나에게 번거로움을 끼칠까 봐 아저씨는 서둘러 간 것이었다. 탁자 위에 아저씨가 남기고 간 껌들이 놓여 있었다. 여러 색깔의 껌들이 무지개처럼 펼쳐져 있었다. 손때 묻은 오색 무지개 아래, 아저씨가 살고 있는 쪽방집 주소도 삐뚤빼뚤 적혀 있었다.

18

오지 않는 봄

대학로에서 달수를 만났다. 달수의 표정이 심란해 보였다. 웬만해선 걱정 같은 거 하지 않는 달수였다. 농담처럼 가볍기만 했던 달수의 삶이 아무래도 복병을 만난 것 같았다.

"달수 너 무슨 걱정 있나?"

"내가 하고 있는 빵집 말이야. 아무래도 다른 곳으로 옮겨야 할 것 같다."

"빵집 잘된다고 했잖아."

"잘됐었지. 그런데 요즘 심각하다."

"왜?"

"우리 빵집 바로 건너편에 빵집이 생겼다. 유명 브랜드 빵집이야. 갈치가 갈치 꼬리 문다더니, 꼼짝없이 날벼락 맞은 거지. 우리 집이나 거기나 빵 값 별로 차이 없거든. 한국 사람들 유명 메이커에 죽고 살잖냐. 아주 개박살 났다. 단골손님 모조리 뺏기고 하루아침에 줄 없는 거문고 돼버렸지, 뭐……."

달수는 시르죽은 얼굴로 깊은 한숨을 내쉬었다.

"심각하냐?"

"응, 아주 심각하다. 조금만 더 있으면 가랑잎으로 똥 싸 먹어야 할 것 같다. 가게 주인까지 가겟세 올린다고 난리굿을 치고 있으니 아주 죽을 맛이다. 그런 말 있잖아. 엎친 데 덮친다는 거. 설상…… 거 뭐냐? 갑자기 생각이 안 나네……."

"설상가상(雪上加霜)"

"그래 맞다. 설상가상. 완전, 국 쏟고 불알 데었다."

"국 쏟고 불알 뎌?"

"그래. 완전, 국 쏟고 불알까지 덴 거잖아."

연민의 허리를 자르며 달수가 무시무시한 말을 했다. 어떡하든 웃음을 참고 싶었지만 참을 수 없었다. 달수가 아무리 심각해도 어쩔 수 없었다. 눈〔雪〕 위에 서리〔霜〕까지 덮인다는 뜻의 설상가상을 '국 쏟고 불알 데다'로 바꿀 수 있는 사람은 달수뿐이다.

"달수야, 너는 정말 천재야."

엉뚱한 칭찬이라도 해서 내 웃음을 변명하고 싶었다. 달수는 진짜 천재가 된 것처럼 어깨를 으쓱거렸다.
"그래서 말인데. 다른 곳으로 빵집 옮기려고 해."
"어디로?"
"집에서 멀지 않은 곳이야. 이번엔 좀 크게 해보려고. 유명 메이커 빵집 들어와도 맞장 뜰 수 있으려면 아무래도 규모가 좀 커야 할 것 같아서……."
"크면 좋지만 자본이 많이 들잖아."
"집 담보 잡아서 대출 받으려고. 죽기 아니면 까무러치기지, 뭐."
"달수 너, 신중해라. 풍선에 바람 넣는다고 모든 풍선이 하늘로 날아오르는 건 아니니까."
"나도 신중하게 생각하고 결정한 거야. 남자가 칼을 뽑았으면 자기 배라도 찔러야지. 안 그냐?"
달수는 너털웃음을 웃었다. 조금 전의 심각함은 온데간데없이 사라졌다.
"유진아, 이번에 얻으려고 하는 곳이 고깃집으로 대박났던 집이야. 목은 아주 좋다고 봐야지."
"고깃집으로 대박난 거지, 빵집으로 대박 난 집은 아니잖아."
"그야 그렇지만 대박 났다는 건 일단 목이 좋다는 거잖아."
달수는 확신에 찬 얼굴로 말했다.

"달수야, 어느 농부가 밭을 갈고 있었는데, 산토끼 한 마리가 밭 가운데로 달려오다가 죽은 거야. 산토끼가 왜 죽었냐면, 밭 가운데 나무를 잘라낸 그루터기가 있었거든. 산토끼는 쏜살같이 달리다가 그루터기에 머리를 부딪쳐 죽은 거지. 농부는 이게 웬 떡이냐, 하고 신이 났어. 힘들이지 않고 산토끼를 잡았으니까 말이야. 신이 난 농부는 밭도 갈지 않고 큰 나무 뒤에 숨어서 온종일 그루터기만 봐라봤어. 또 다른 산토끼가 달려와 그루터기에 머리를 부딪치기를 바라면서 말이야. 중국 고전 한비자에 나오는 이야기인데, 달수야, 이 농부 참 미련하지 않나?"

"미련한 게 아니라 아주 꼴통이네."

달수는 내 말 뜻을 전혀 이해하지 못한 것 같았다. 달수는 두 번 생각하는 걸 몹시 싫어했다. 달수에겐 쉽게 풀어서 말해 주어야 했다.

"달수야, 내가 하고 싶은 말은, 한 번 대박 난 집이라고 계속 대박 난다는 보장이 없다는 거야. 신중하게 생각해라. 집까지 걸고 하는 거니까……. 집은 그냥 놔두는 게 어떠냐? 장소 옮겨서 좀 작게 시작하면 되잖아. 돈은 적게 벌어도 마음 편한 게 좋지 않나?"

"마음 편한 게 좋지만, 돈 많이 번다고 마음 불편해지냐? 유진아, 솔직히 말하면, 나도 좀 부자 되고 싶다. 콘돔을 풍선처럼 불 수 있지만, 그렇다고 콘돔이 풍선 되는 건 아니잖냐. 처자식 데리고 지지리 궁상떠는 것도 이제 지긋지긋하다."

"그러다 집까지 날리고 쫄딱 망하면 어쩔래? 숟가락 없으면 구둣주걱으로 밥 먹을래? 다시 생각해 봐, 인마."

"걱정 마. 자신 있으니까. 인생은 어차피 도박이잖아. 안 그냐?"

할 말이 없었다. 달수는 확신에 차 있었다. 그 결연함 때문에 내가 하고 싶었던 말까지 자라목처럼 쏙 들어가버렸다. 물끄러미 달수 얼굴만 바라보았다.

"뭐니 뭐니 해도 돈이 최고더라. 돈 없으면 적막강산, 돈 있으면 금수강산, 그거 딱 맞는 말이다. 유진아, 걱정 마라. 다 잘될 거야. 예감이 아주 좋거든. 이번엔 틀림없어."

달수는 이상하리만큼 자신감에 차 있었다. 아무려나, 본인의 예감이 좋다는데, 틀림없다는데, 나는 더 이상 할 말이 없었다. "달수야, 네 예감 맞은 적 거의 없었거든"이라고 퉁바리 놓고 싶었지만 괜히 초 치는 것 같아 꾹 참았다. 모기 한 마리 잡는 일도 쉽지 않은 세상이었다. 요리조리 도망치는 모기에게 잘 피한다고, 잘 피한다고, 박수까지 쳐줘도 모기는 쉽게 자신을 내주지 않는다. 아무래도, 예감이 좋지 않았다.

나는 무엇엔가 이끌려 지하철을 갈아타고 아버지가 경비

로 일하시는 아파트로 갔다. 아파트 입구에서 아버지에게 드릴 시원한 음료수를 샀다. 온종일 햇볕에 달궈진 아파트 건물 사이로 더운 바람이 지나갔고, 등 뒤로 쉴 새 없이 땀이 흘러내렸다. 더위로 숨이 막힐 지경이었다. 아버지는 경비실 흐린 불빛 아래 앉아 라면을 끓이고 있었다.
"아버지……."
"어? 네가 여기 웬일이냐?"
경비복을 입은 아버지가 놀란 눈빛으로 물으셨다.
"요 근처 왔다가 들렀어요."
"그랬구나. 날도 더운데 뭐하러 왔냐. 집으로 빨리 가지……."
"그냥 왔어요."
나는 들고 있던 차가운 음료수를 책상 한쪽에 가만히 올려놓았다. 털털거리며 고물 선풍기가 돌아가고 있었지만 경비실 안은 말 그대로, 찜통이었다. 아버지는 회전 기능이 망가진 선풍기를 내가 있는 쪽으로 돌려놓았다.
"아버지, 저 안 더워요. 아버지 쪽으로 하세요."
"아니다, 난 선풍기 바람이 싫다. 저녁은 먹었냐?"
"네, 먹었어요."
"안 먹었으면 라면이라도 같이 먹자. 물만 더 붓고 끓이면 되니까."
"정말 먹었어요. 라면 제가 끓일게요, 아버지……."

"아니다, 아버지가 하면 된다."

아버지는 라면 봉지를 뜯어, 끓는 물속에 라면을 넣었다.

"아버지, 저녁을 라면으로 드시면 어떡해요?"

"괜찮다. 여름이라 반찬 간수하기도 어렵거든. 라면이 그래도 제일 편하다."

선풍기를 한사코 내 쪽으로 돌려놓고, 아버지는 하얀 김이 피어오르는 라면을 묵묵히 드셨다. 아버지의 등과 이마가 땀에 흠뻑 젖어 있었다.

"……아버지, 천천히 드세요……."

잠시 나를 바라보았을 뿐, 아버지는 아무 말이 없었다.

푹푹 찌는 여름밤, 찜통 같은 경비실에 앉아 뜨거운 라면을 삼키는 아버지를 바라보며, 나는 슬픔 대신 삶의 경건을 느낄 수 있었다.

19

꽃송이 수만큼 열매 맺는 나무는 없다

쪽방마다 일련번호처럼 방 번호가 적혀 있었다. 시멘트 가루 하얗게 떨어지는 낡은 벽 위에 검정 페인트로 아무렇게나 써놓은 번호였다. 아저씨는 방에 있었다. 아저씨는 노란 백열등 아래 앉아 라면을 먹고 있었다. 아저씨는 환하게 나를 맞아주었다.
"저녁은 먹었나?"
"네."
"안 먹었으면 빨리 라면이라도 끓여줄게. 안 먹었지?"
"먹었어요."
"정말 먹었어?"
"네."

"먹었으니까, 또 먹어라. 우리 집에는 손님에게 대접할 게 라면밖에 없거든. 너도 잘 알겠지만, 내가 눈에 뵈는 건 없어도 라면 하나는 기막히게 끓이잖냐. 나는 다 먹었으니까 잠깐만 기다려라. 금세 끓여줄게."

허기진 내 모습을 아저씨에게 들켰다. 아저씨가 허기진 내 목소리를 들은 것이었다. 아저씨는 좁은 방을 자로 잰 듯 무릎으로 걸으며 라면을 끓였다. 모기 한 마리 찰싹 뭉개진 오래된 달력 속에 홍매화, 산벚꽃 잎잎이 흔들렸고, 산벚나무 아래로 흐르는 시냇물은 돌을 나르고 길을 만들고 있었다. 아저씨에겐 필요 없는 달력이었다.

라면을 허겁지겁 먹었다. 라면을 먹는 동안 아저씨는 하모니카로 〈클레멘타인〉을 불어주었다. 오래전, 사랑에 빠진 나를 위로해 주려고 아저씨가 불어준 〈클레멘타인〉이었다. 문득, 라라가 생각났다. 함박눈 내리던 날, 아저씨가 나에게 이별 선물로 주고 갔던 하모니카도 생각났다. 삼켜도, 삼켜도, 라면이 자꾸만 목 위로 올라왔다.

옆방에서 동화책을 읽어주는 아기 엄마 목소리가 들려왔다. 바로 옆에서 읽는 것처럼 한 글자 한 글자 또박또박 들려왔다.

"여기 있으면 책을 읽지 않아도 된다. 밤만 되면 아기 엄마가 동화책을 읽어주거든. 어찌나 또렷하게 들리는지 나에게 이야기해 주는 것 같다. 아기 웃는 소리도 들리고, 아기 우는 소리도 들리고, 조용한 새벽이면, 조금 뻥쳐서 아기 숨 쉬는 소리도 들리거든. 칸칸마다 벽이라고 있지만, 말이 벽이지 벽이 아니야. 한데 섞여 살 수 없으니까 베니어합판으로 겨우 갈라놓았을 뿐이지. 아기는 마음 놓고 울 수 있지만, 어른은 마음 놓고 울 수 없으니 갑갑하고 한심한 거지. 부부싸움을 할 때도, 사랑을 나눌 때도, 옆방 사람 들리지 않게 해야 하니 가난이 오죽 서럽겠냐. 방귀 뀌는 소리까지 들리니 아주 환장할 노릇이다. 이거 봐라, 이거……."

아저씨는 씁쓸한 표정을 지으며 손바닥으로 벽을 살살 밀었다. 조악하게 벽지가 발라진 벽이 쿨렁쿨렁 흔들렸다.

"아저씨, 옆집 사람 소리 다 들리면 짜증나지 않으세요?"

"정확히 말하면, 옆집 사람이 아니라 옆방 사람이다. 아기 울음소리 때문에 새벽잠 깨면 짜증도 나지. 하지만 어쩌겠냐? 가랑잎이 솔잎 보고 바스락거리지 말라고 소리치면 쓰겠냐? 바람 부는 곳에서 함께 살아가는 처지에 위로는 못할망정 말이다."

"아저씨, 솔직히 저는 불편해서 못 살 것 같은데요."

"당하면 다 산다. 짜증날 때도 있지만, 외롭지 않아 좋은 점도 있지. 고요하다는 건 좋은 거지만 적막하다는 건 그리 좋은 게 아니거든. 좀 불편해도 그런대로 적막하지 않아서 좋다."

아저씨의 목소리는 낮고 평화로웠다.

"아저씨, 힘없는 사람들이 빈부의 차이를 말하면 분노나 불평이 되지만, 힘 있는 사람들이 빈부의 차이를 말하면 사랑이나 배려도 될 수 있을 텐데요."

"그럴 테지. 그런데 그게 쉽지 않을 거다. 인간이 그래 먹었으니까……. 얼핏 보기엔 인간의 삶이 물질과의 싸움 같지만 궁극적으로는 정신과의 싸움이다. 그런데 사람들은 자본이라는 '공룡'이 찍어놓은 발자국에 고인 물만 퍼먹으며 서로 싸우고 있으니 정신이 물질을 이긴다고 말할 수 있겠냐?"

아저씨는 말을 삼키며 쓸쓸한 낯빛으로 말했다. 쪽방촌 작은 창문으로 불빛 환한 63빌딩이 멀리 보였다. 황금 비늘을 총총히 세운 거대한 공룡이 교만한 눈빛으로 도시의 밤을 내려다보고 있었다.

구름은 구름의 풍경을 자랑하지만 구름의 풍경을 지우는 건 언제나, 구름이다.

라면을 먹고 아저씨를 따라 쪽방촌 옥상으로 올라갔다. 망가진 고물 자전거와 못쓰는 의자와 부서진 책상 따위가 옥상 여기저기에 널브러져 있었다. 아저씨는 난간 쪽으로 더듬더듬 걸어가더니 커다란 화분 하나를 들고 왔다.

"지금 이 화분에 꽃이 피어 있는 건 알겠는데, 무슨 꽃인지 모르겠다. 무슨 색깔인지도 모르겠고. 꽃잎이 크고 둥근 걸 보면 접시꽃 같기도 한데, 맞냐?"
"네, 접시꽃 맞아요. 붉은색 접시꽃이요."
"나 어릴 적에 우리 집 마당에 접시꽃이 참 많았더랬다. 그래서 접시꽃은 내가 잘 알지. 해바라기나 모란꽃이나 접시꽃은 꽃송이가 아주 크잖아. 그나저나 접시꽃을 누가 여기에 심어놨을까? 서울에서는 좀처럼 보기 힘든 꽃인데 말이야. 하여간에 꽃은 장소를 따지지 않아서 좋아. 양지는 양지대로 양지 식물 피어나고, 음지는 음지대로 음지 식물이 피어나니까 말이야. 더우면 덥다고 불평하고, 추우면 춥다고 불평하고, 바람 불면 바람 분다고 불평하는 사람들보다 꽃이 훨씬 낫지 싶다. 인간의 변덕이 늘 문제다. 세상에서 가장 드라마틱한 반전은 인간의 변덕일 테니까. 꽃들은 늘 묵묵하잖아. 꽃 피웠다고 뻐기지도 않고, 꽃 졌다고 울지도 않고. 꽃들은 아는 게지. 슬픔도 기쁨도 시간 따라 모두 지나간다는 걸. 유진아, 글 쓰는 일 때문에 너무 조급해하지 마라. 말 가는 곳은 소도 갈 수 있으니까."
"아저씨, 제 마음 어떻게 아셨어요?"
"목소리 들어보면 다 안다. 목소리에 쓰여 있거든. 나 같은 사람은 얼굴을 볼 수 없으니까 목소리로 대충 때려잡지. 눈 없는 사람은 온몸에 눈이 있거든. 부딪쳐 피멍 든 곳이 모두 눈이야. 그 힘은 상상 이상이다. 간혹 나도 깜짝 놀라거든. 유진이 너 글 쓰는 일 때문에 힘들어하는 거지?"
"네."
"바람직한 일이야. 고통 없는 사람이 글을 쓸 수 있겠냐? 글 쓰는 일을 허허실실로 하는 건 아닐 테니까. 기왕에 그 길을 선택한 이상 달게 받아라. 배부른 고양이는 쥐새끼 잡지 않는다. 글 써서 부자 될 생각은 하지 않았을 테고, 밥은 먹어야 하는데 그게 고민인 거잖아. 글 쓰다 보면 밥은 먹겠지. 금이나 은 한 줌을 얻으려면 수백 톤, 수천 톤의 돌과 흙을 파내야 하는 거다. 글 쓰다 열 받으면 소리도 지르고 욕도 해라. 산타 할아버지는 우는 아이에게 선물을 더 많이 주시거든……."
아저씨는 빙긋이 웃으며 말했다.
"아저씨, 저요. 원고는 열심히 쓰는데요. 무명이라고 출판사에서 번번이 거절당해요."
"유진아, 꽃송이 수만큼 열매 맺는 나무는 없다. 마음은 아파도 거절당하면서 글은 더 좋아지겠지. 둥근 달걀도 굴러가다가 서는 모서리가 있다잖냐. 화분에 피어 있는 이 꽃을 보거라. 바람이 불지 않으면 애네들은 키가 크지 않아. 바람이 불어야 땅속 깊이 뿌리를 내린단 말이지. 땅속 깊이 뿌리를 내려야 풀꽃들은 비가 오지 않을 때도 넉넉히 견딜 수 있거든. 사람도 마찬가지다. 유진이 너 고구마꽃 본 적 있냐?"
"아니요. 감자꽃은 많이 봤는데 고구마꽃은 본 적이 없어요."
"그랬을 거야. 우리나라처럼 기후조건이 좋은 곳에서는 고구마꽃이 잘 피지 않거든. 나는 어릴 적에 고구마꽃을 몇 번 본 적이 있다. 고구마는 말이다. 극심한 가뭄 같은 악조건에서만 꽃을 피운다. 번식을 위해 본능적으로 꽃을 피우는 거지. 생각해 보면 눈물겨운 꽃이다. 다른 꽃들은 성장 조건이 좋아야만 꽃을 피우는데, 고구마는 성장조건이 나쁠 때만 꽃을 피우거든. 사람이든, 식물이든, 살아남기 위해 꽃을 피우는 일은 언제나 눈물겨운 일이지. 그런데 작가 앞에서 이런 말하니까 좀 민망하다."
아저씨는 개구쟁이처럼 웃었다.
"밤하늘의 별이 참 아름답구나. 유진아, 그치?"
아저씨는 밤하늘을 바라보고 있었다. 아저씨 "별 안 보이는데요"라고 말할 수 없었다. 얼굴 위로 한 방울씩 두 방울씩 빗방울이 떨어졌다. 웃음이 나왔지만 소리 내어 웃지는 않았다. 무심히 언외지의(言外之意)를 던지는 아저씨의 얼굴이 쓸쓸해 보였다.
"유진아, 사는 게 참 힘들구나. 개미가 절구통 입에 물고 가려니까, 사는 게 참 힘들어……."
아저씨는 빗방울 떨어지는 하늘을 바라보고 있었다.

몇 달이 지났다. 이른 아침, 아내가 만들어준 김치와 밑반찬을 싸 가지고 아저씨가 살고 있는 쪽방촌으로 갔다. 아저씨가 일 나가기 전에 서둘러 도착해야만 했다.
 아저씨의 방은 텅 비어 있었다. 소꿉놀이 같은 살림 대신, 방바닥 여기저기에 신발자국이 흉하게 찍혀 있었다. 나는 방문 앞에 망연자실 서 있었다. 아기에게 동화책을 읽어주는 옆방 아기 엄마의 목소리가 들렸다.
 아기 엄마의 목소리가 멈췄을 때 나는 방문을 살살 두들겼다. 아기 엄마가 살며시 방문을 열었다. 퀴퀴한 곰팡이 냄새가 코끝에 후욱 끼쳤다.
 "안녕하세요. 저는 옆방 살던 아저씨 아는 사람인데요. 아저씨 이사 가셨나요?"
 "네, 다른 곳으로 가신 것 같아요."
 "언제 가셨지요?"
 "벌써 열흘은 된 것 같은데요."
 "어디로 가신다고 말씀 안 하셨나요?"
 "어디로 가신다는 말씀도 없이 그냥 가셨어요. 밀린 방세 때문에 마음고생 많으셨거든요."
 "네에……."
 나는 아무 말도 할 수 없었다. 아기 엄마에게 인사를 하고 그곳을 빠져나왔다. 아기 엄마의 모습이 지워지지 않았다. 아기 엄마도 아저씨처럼 앞을 보지 못하는 사람이었다.

아기 엄마가 아기에게 읽어주는 동화책 속엔 아이가 나오고, 오리가 나오고, 통나무다리가 나오고, 시냇물이 나왔다. 그런데 아기 엄마가 읽어주는 동화책 속엔 아이 그림도 없었고, 오리 그림도 없었다. 통나무다리도 없었고, 시냇물도 없었다. 아기 엄마의 손엔 눈송이 수북이 내려앉은 점자책이 들려 있었다. 아가는 알고 있을까? 그 많은 점자들이 엄마의 손끝에서 아이가 되고, 오리가 되고, 통나무다리가 되고, 시냇물이 된다는 것을······.

어둑해진 마음으로 비틀린 계단을 내려왔다. 명동성당으로 가면 아저씨를 만날 수 있을 것 같았다. 잰걸음으로 골목을 내려왔다. 지하철을 타고 명동성당으로 갔다.

성당 근처를 아무리 둘러보아도 아저씨는 없었다. 혹시나 하는 마음으로 명동 여기저기를 가보았지만 아저씨는 없었다. 정오가 지나가고 있었다. 칼국수집 앞에 사람들이 길게 줄을 서 있었다. 명동성당으로 올라가는 계단에 앉아 나는 아저씨를 기다렸다. 아저씨는 오지 않았다. 저녁노을 속으로 비둘기 떼가 날아갔다. 성당 종소리가 들렸다. 다음 날도, 그다음 날도 아저씨는 오지 않았다.

늦은 저녁, 어머니에게 전화를 걸었다. 어머니 목소리가 어두웠다.

"무슨 일 있어요?"
"…… 아니다."
어머니 목소리가 심상치 않았다.
"아버지 또 술 드셨지요?"
"……."
어머니는 아무 말이 없었다.
"아버지 출근도 못하셨겠네요?"
"엊그제 아파트 관리실에서 연락 왔다. 경비 새로 뽑는 다고 출근할 필요 없다고 하더라. 힘들게 얻은 자린데 어쩌면 좋으냐."
"아버지는 도대체 왜 그렇게 산대요? 가족들 평생 고생시킨 거 죄스럽지도 않대요? 뭐가 그렇게 괴롭다고 만날 술타령이래요. 도무지 이해할 수가 없어요. 남 같으면 안 보면 그만이지만 그럴 수도 없고, 정말 미치겠네요."
"어쩌겠냐. 병인걸……."
수화기 너머로 어머니의 한숨 소리가 들려왔다.
"아버지 술 마신 지 며칠이나 됐어요?"
"열흘도 넘었다. 이번엔 쉽게 끝날 거 같지 않다. 소주를 하루에 다섯 병은 먹었으니까."
"어머니, 마음 단단히 먹으세요. 아버지 병원에 입원시켜야 돼요. 알코올중독 치료하는 병원 있으니까 내가 알아볼게요."

전화를 끊었지만 어디서부터 어떻게 알아봐야 할지 난감했다. 여기저기 병원을 알아보았다. 병원 이름 몇 개와 위치를 적어 어머니 집으로 갔다. 대문을 열어주는 어머니 걸음이 몹시 힘겨워 보였다.

"병원 알아봤어요. 상담도 해봤는데 환자를 일단 데리고 오래요."

"약 먹으면 치료될 수 있다지?"

"정도에 따라 다르지만 초기라면 약물로 좋아질 수 있대요. 병원에서도 자신 있다는 말은 안 하지만, 치료받으면 좋아지겠지요. 죽을병도 고치는 세상인데요."

어머니는 내 말을 듣고 긴 한숨을 내쉬었다. 알코올중독은 정상적인 치료를 받아도 칠십 퍼센트 이상 재발한다는 말은 차마 할 수 없었다.

"유진아, 엄마가 병원에 가자고 말하면 너희 아버지 들은 척도 안 할 거다."

어머니가 근심스러운 표정으로 말했다.

"내가 말씀드릴게요."

"지난번처럼 일 나면 어쩌려고?"

"잘 설득해 볼게요. 걱정 마세요."

어머니를 안심시키고 아버지가 있는 방으로 들어갔다. 술에 취한 아버지는 고개를 숙인 채 아무 반응이 없었다.

"······아버지, 괜찮으세요?"

아버지가 초점 없는 눈으로 내 얼굴을 멀뚱히 바라보았다.
"아버지, 오늘까지만 술 드시고 내일부턴 드시지 마세요."
술에 취한 아버지는 대답 대신 고개를 끄덕였다.
"너도 한잔 마셔라."
아버지가 내 앞으로 술잔을 내밀었다. 아버지 손가락이 심하게 떨리고 있었다. 눈물이 나왔다. 아버지가 따라준 술을 단숨에 마시고 아버지에게 술을 따라주었다.
"오늘까지만 술 드신다고 저하고 약속하셨어요?"
아버지가 느릿느릿 고개를 끄덕였다.
"내일도 술 드시면, 저랑 같이 병원 가셔야 해요. 아셨죠?"
아버지는 내가 따라준 술을 반도 못 마시고 방바닥에 엎드려 코를 골았다.

다음 날 아침, 아버지에게 갔다. 예상했던 대로 아버지는 술을 마시고 있었다.
"아버지, 이것만 마시고 저랑 같이 병원 가요. 어제 약속하셨잖아요."
아버지는 아무런 대꾸도 하지 않았다.
"일주일만 입원하셔도 술 마시고 싶은 생각은 없어진대요."
흠칫 나를 바라보았을 뿐 아버지는 말이 없었다. 아버지는 소주 한 병을 더 마셨다. 술병도 비고 술잔도 비었을 때 아버지가 말했다.

"마지막으로 한 병만 더 마시자. 그리고 병원 가자. 미안하다."

발음은 분명치 않았지만 아버지 눈빛 속에 결연함이 있었다. 아버지는 소주 한 병을 더 마시고 비틀비틀 외출복을 입었다. 아버지를 부축해 병원으로 갔다. 알코올중독은 폐쇄 병동에 입원하는 게 낫다는 말을 들었던 터라 폐쇄 병동이 있는 병원으로 갔다. 술 취한 아버지는 죄인처럼 순순히 병원 안으로 들어갔다.

20

민들레의 눈높이

날이 환하게 밝아오도록 잠이 오지 않았다. 하루 이틀의 문제가 아니었다. 많이 우울했고, 불안했고, 밥도 먹기 싫었다. 원고도 쓰기 싫었고 사람들 만나는 것도 싫었다. 하루하루를 사는 일이 계란을 쌓는 일처럼 위태로웠다. 일주일 동안 잠을 거의 못 자고 지칠 대로 지친 뒤에야, 집에서 멀지 않은 신경정신과 병원을 찾아갔다.

"우울증입니다."

우울증이 어떤 건지는 정확히 몰랐지만, 예상하고 갔던 터라 담담히 받아들일 수 있었다.

"선생님, 우울증 증상은 어떤 건가요?"

가급적 차분한 목소리로 물었지만, 목소리는 뒤뚱발이 걸음처럼 비틀거렸다.
"환자분이 지금 겪고 있는 그대로입니다. 잠도 안 오고, 불안하고, 일에 대한 의욕도 없고, 사람 만나는 것도 싫고, 심지어는 자신에 대한 믿음까지도 산산조각 나는 거지요. 아시겠지만, 심한 경우는 자살까지 생각하게 됩니다."
의사는 진지했고, 무슨 말이라도 들어줄 것 같았다.
"우울증의 원인은 뭔가요?"
"여러 가지 원인이 있지만 가장 큰 원인은 스트레스나 상실감입니다. 최근에 심한 스트레스 받으신 적 있습니까?"
"이것저것 스트레스가 많았습니다. 글을 쓰고 있는데, 출판사에 원고를 보낼 때마다 매번 거절당했거든요. 밤새도록 원고 쓰는 일도 많이 힘들었습니다."
정신과 치료를 위한 상담이었지만 왠지 수치스러웠다.
"몇 번이나 거절당하셨죠?"
"첫 번째 책을 낼 때는 열 번도 넘게 거절당했구요, 지금은 두 번째 책을 준비하고 있는데 벌써 다섯 번이나 거절당했습니다. 거절당할 때마다 모욕감이 컸습니다."
나는 하소연하듯 의사에게 저간의 사정을 이야기했다. 의사는 의자를 바짝 끌어당기고 내 이야기를 들어주었다. 아버지로부터 받은 상처를 이야기하고 싶었지만 입이 떨어지지 않았다.

"글 쓰는 일 말고 다른 직업은 없으신가요?"
"네."
"그러니까, 글 쓰는 일이 생계를 위한 유일한 일인 셈이네요."
"그렇다고 볼 수 있죠. 출판사에 원고를 처음 보냈을 때는 기다리는 일이 행복했던 적도 있습니다. 그런데 몇 번 거절당하고 나니까 불안해지기 시작했습니다. 언젠가부터는 두렵다는 생각까지 들었지만, 원고를 계속 보낼 수밖에 없었습니다. 선택의 여지가 없었어요. 고양이 목에 방울 다는 일은 어차피 쥐가 해야 할 일이니까요."

의사는 공감의 눈빛으로 고개를 끄덕였다.

"마음이 많이 아팠을 것 같습니다. 절망은 상처가 되어 우리 안에 기억되었다가 시간이 지나면서 치유되기도 하지만, 같은 일로 절망을 거듭하다 보면 일종의 트라우마가 될 수도 있습니다. 트라우마는 '정신적 외상(精神的外傷)' 또는 '외상후 스트레스장애'를 말하는 건데, 전쟁에 참전했던 군인들이나, 테러리스트들에게 인질로 잡혔던 사람들이나, 화재 현장에 갇혀 있던 사람들은 극도로 심한 죽음의 공포를 경험하게 됩니다. 다행히 구조되어 일상으로 돌아온 뒤에도 뇌가 기억하고 있는 죽음에 대한 공포는 쉽게 사라지지 않습니다. 두고두고 그 사람을 괴롭히는 거지요. 오랫동안 정신과 치료를 받아야 하는 경우가 대부분입니다. 그것

과는 조금 다르지만 최유진 씨의 경우도 '외상후 스트레스 장애' 같은 것이 어느 정도는 있다고 봐야 합니다. 생계를 위협 받으며 외부로부터 계속 상처를 받았으니까요……. 약을 드시면 좋아질 수 있습니다."
 굳은 표정으로 앉아 있는 나를 안심시키려는 듯 의사는 웃으며 말했다.
 "선생님, 우울증 약은 얼마동안 먹어야 하나요?
 "최소한 구 개월은 먹어야 합니다. 일단 우울증 진단을 받으면 기본적 치료 기간이 그 정도 됩니다."
 의사는 손가락 마디를 뚝뚝 꺾으며 단호하게 말했다. 벽에 걸린 고장 난 시계 위에 앉아 있던 뻐꾸기가 나를 멀뚱히 바라보고 있었다.
 "그렇게 오랫동안 먹어야 하나요?"
 나도 모르게 내 목소리에 날이 서 있었다.
 "단순 우울감일 때는 삼 개월 정도만 먹어도 낫는 분들이 있지만, 최유진 씨는 단순 우울감이 아닌 것 같습니다. 일단, 약을 드시고 한두 달쯤 지나면 상태가 많이 좋아지기도 하는데, 약을 끊으시면 재발되는 경우가 많습니다. 우울증은 꾸준히 치료하는 게 중요합니다. 우울증 약에는 여러 계열이 있는데 환자분에게 잘 맞는 우울증 약을 먼저 찾아야 합니다. 우선 오 일 분의 약을 드리겠습니다. 경과를 지켜보면서 약을 두세 번 바꿔야 할지도 모릅니다."

의사는 마른세수를 하며 말했다. 나는 맥없이 고개만 끄덕였다.
"너무 걱정하지 마세요……. 여담입니다만, 나팔꽃 많이 보셨죠?"
"네."
"나팔꽃이 해바라기를 향해, 기다란 끈만 있으면 자기도 해바라기처럼 높이 자랄 수 있다고 큰소리쳤습니다. 하지만 나팔꽃은 혼자 힘으로 기다란 끈을 만들 수 없습니다. 누군가 기다란 끈을 만들어주어야만 높은 곳으로 덩굴을 뻗어나갈 수 있는 거지요. 건강한 사람들의 오만도 나팔꽃의 오만과 크게 다르지 않습니다. 건강하다고 큰소리치는 사람들보다 가끔씩 아픈 사람들이 더 오래 삽니다. 아프고 나면 건강의 소중함을 알게 되니까요. 길고 긴 인생길에서 잠시 동안 길 안내를 받는다고 생각하세요."
의사의 따뜻한 위로에 눈물이 나올 것 같았다. 처방해 준 약을 받아 들고 힘없이 병원을 나왔다. 정오의 햇살이 눈부셨다.

저녁 무렵, 아버지 어머니가 내 방으로 오셨다. 아버지 어머니 얼굴은 근심으로 가득 차 있었다.
"왜 이렇게 어둡게 있어? 기분이 가라앉을수록 불을 켜고 있어야지……. 온종일 아무것도 먹지 않았다면서……."

어머니 목이 메었다. 고개 숙인 어머니 뺨 위로 눈물이 흘러내렸다. 한쪽 벽에 기대어 텅 빈 눈으로 나를 바라보던 아버지가 담담한 표정으로 말하셨다.
"살다 보면 별의별 일 다 겪는 거다. 기운 차리면 다시 시작하면 된다. 넌 아직 젊으니까."
"……앞이 캄캄해요……. 어떻게 살아가야 할지 잘 모르겠어요……."
내 목소리엔 짜증과 설움이 섞여 있었다.
"아버지가 이런 말할 자격은 없지만, 힘들어도 희망을 가져라. 배중사영(杯中蛇影)이라는 말이 있는데, 술잔 속에 뱀의 그림자가 있다는 뜻이다. 어쩌면 지금 네가 앓고 있는 병은 술잔 속에 들어 있는 뱀의 그림자 같은 건지도 모른다. 나무 아래 앉아서 술을 마시다 보면, 술잔 속에 비친 나뭇가지가 때로는 뱀의 그림자로 보이기도 하니까……."
아버지는 담담하게 말했지만 아버지 말끝에 슬픔이 묻어 있었다. 나는 방바닥에 깔려 있는 이불에 시선을 고정시킨 채 아무 말도 하지 않았다. 아버지의 말씀도 어머니의 눈물도 내겐 위로가 되지 않았다.

병원에서 받아 온 약을 여러 날 먹었지만 우울증은 조금도 좋아지지 않았다. 아침도 먹지 않고 서둘러 병원으로 갔다.
"좀 어떠신가요?"

의사가 내 얼굴을 살피며 물었다.
"조금도 변화가 없습니다. 아침엔 더 우울한 것 같구요."
"그러시군요. 그 약이 환자분에게 맞지 않는 것 같습니다. 지난번 말씀드린 것처럼 오늘은 다른 계열의 약을 드릴 테니 경과를 다시 지켜봅시다."

의사는 처방전에 무언가를 열심히 써 내려갔다. 종이를 긁는 볼펜 소리가 귀에 몹시 거슬렸다.

"선생님, 저는 제가 의지가 강하다고 생각했습니다. 이렇게 쉽게 무너질 줄 몰랐습니다."

나는 진료실 바닥을 멀뚱히 바라보며 속엣말처럼 작은 목소리로 말했다.

"우울증은 사람의 의지와는 좀 다른 문제입니다. 의지가 약하다고 우울증이 오는 건 아니니까요. 내가 샌드백을 치면 주먹이 강해지지만, 샌드백이 주먹을 치면 주먹은 부러집니다. 살다 보면 샌드백이 주먹을 칠 때도 있습니다. 사람의 감각 중에 가장 믿을 수 있는 게 눈[目]이지만, 사람을 가장 많이 속이는 것도 눈입니다. 가장 믿을 수 있는 게 자신이지만, 자신을 가장 많이 속이는 것도 자신이지요. 사람이 정신을 이끌고 가는 것 같지만, 정신이 사람을 이끌고 가는 경우가 더 많습니다. 정신이 물질에게 백전백패(百戰百敗)하는 요즘 같은 세상을 살다 보면 누구든 무너질 수 있습니다. 그러니까……."

민들레의 눈높이

"선생님, 우울증은 완치될 수 있는 거지요?"

나는 성마른 표정을 감추며 그의 말허리를 잘랐다. 돌연한 물음에 그가 조금 당황하는 것 같았다.

"꾸준히 약을 드시면 구십 퍼센트 이상 치료됩니다. 우울증은 정신과에선 아주 흔한 병입니다. 통계에 의하면 성인 열 명 중에 한 명은 우울증을 앓아본 경험이 있으니까요."

"약 먹는 일 이외에 어떤 것들이 도움이 되나요?"

"감정에 솔직해지는 게 제일 중요합니다. 화가 나면 참지 마시고 화를 내세요. 울고 싶으면 실컷 우는 것도 치료에 도움이 됩니다. 몇 년 전에 다이애나 황태자비가 죽었을 때, 영국에서 우울증 환자가 급격히 줄었다는 연구 결과가 있습니다. 그 이유가 뭐라고 생각하십니까?"

의사는 목울대를 깊이 삼키며 물었다.

"다이애나의 죽음이 슬퍼서 사람들이 많이 울었기 때문인가요?"

"맞습니다. 사람이 스트레스를 받으면 체내에 '카테콜라민'이라는 나쁜 호르몬이 만들어지는데, 눈물은 '카테콜라민'이라는 호르몬을 우리 몸 밖으로 끌어내는 역할을 합니다. 눈물은 하나님이 인간에게 준 선물입니다. 그런데 영국 사람들의 우울증을 감소시켰던 것이 단지 눈물만은 아닙니다. 황태자비의 죽음은 영국 사람들에게 큰 슬픔이었지만, 어쩌면 많은 사람들에게 부와 명예와 권력이라는 것이 봄날의 꿈처럼 부질없는 것이라는 위로도 주었을 겁니다. 역설적인 이야기지만, 유명인의 불행이 대중들에겐 위로가 될 때도 있으니까요."

의사는 알쏭달쏭한 웃음을 짓다가 잠시 씁쓸한 표정으로 햇볕 내린 창가를 바라보았다.

"사람들 만나기 싫으면 억지로 만나지 마세요. 오히려 마음에 짐이 될 수도 있으니까요. 최유진 씨 말씀을 들어보면 인간관계에 대한 강박증도 조금 있으신 것 같거든요. 사람들에게 항상 잘할 수는 없습니다. 인간관계라는 게 참으로 묘해서, 백번을 잘하다가 한 번만 못해도 금세 멀어집니다. 생각해 보면 참 서글픈 일이지요. 쉽지 않겠지만 방 안에만 있지 마시고 햇빛도 자주 보시면 좋습니다. 하루에 이십 분 정도만 햇볕을 쪼여도 뇌 속에 '세로토닌'이라는 신경전달물질의 분비가 촉진됩니다. 햇빛도 우울증 치료에 도움이 됩니다. 혹시, 신앙이 있으십니까?"

"네……. 크리스천인데요……."

"신앙 생활을 하시면, 기도하시는 것도 도움이 됩니다. 다만, 모든 병이 기도로만 나을 수 있다고 믿는 사람들이 문제지요. 팔이 부러졌는데, 기도만으로 부러진 팔이 다시 붙을 수야 없는 일 아닙니까. 대나무는 여러해살이 풀인데, 나무라고 우기는 거나 마찬가지입니다. 우길 수는 있지만, 아무리 우겨도 풀이 나무가 될 수는 없습니다. 저도 크리스

천입니다만, 하나님도 스스로를 돕는 사람들을 도우시는 거라고, 저는 생각합니다. 적어도, 그릇은 만들어놓고 채워달라고 기도드리는 게 맞지 않겠습니까?"

"……네, 그렇지요."

의사가 묻는 말에 나는 어정쩡하게 대답했다.

"하고 싶은 말씀이나 궁금하신 거 더 있나요?"

"특별히 없습니다만, 제가 다른 사람이 된 것 같아 왠지 불안합니다."

의사는 물끄러미 나를 바라보다가 빙긋이 웃으며 물었다.

"빨간색과 흰색을 섞으면 무슨 색이 되나요?"

"분홍색 아닌가요?"

"분홍색 맞습니다. 그런데 아닐 수도 있습니다. 빨간색과 흰색을 섞어도 그대로 빨간색이나 흰색이 될 수 있습니다. 문제는 빨간색과 흰색의 비율에 있습니다. 자신을 너무 억압하지 마시고 때로는 마음 가는 대로 하시는 것도 괜찮습니다. 이 모습도 나고, 저 모습도 나니까요. 가면 쓴 얼굴이 얼굴 쓴 가면보다 낫지 않겠습니까? 인간의 이기심을 함부로 욕할 수는 없습니다. 인간의 이기심을 욕하는 사람은 다른 사람은커녕 자기 자신도 모르는 사람일 테니까요. 그리고 아픔이나 깨달음이 있어도 사람의 본성은 쉽게 변하지 않습니다. 너무 불안해하지 마세요. 차차로 좋아지십니다."

그는 아이를 달래듯 고개를 끄덕이며 말했다. 그의 말에 조금은 안심이 되는 것 같았다. 진료실 밖으로 나왔다. 새로 받은 약에 대한 기대는 있었지만, 마음은 여전히 캄캄했다.

나와 세상이 일치하지 않을 때보다 나와 '내 안의 나'가 일치하지 않을 때, 나는 더 불안해질 수 있다는 것을 우울증을 앓으며 알게 되었다. 핏발 선 눈으로 수도 없이 병원을 드나들었고, 가끔씩 자살 충동에 시달리기도 했다. 죽음은 존재 저편의 추상이 아니라, 누구든 건너갈 수 있는 인생의 질서였다. 온종일 어두운 방에 누워 지냈다. 세수도 안 하고 머리도 안 감고 수염도 깎지 않았다. 새벽에 눈을 뜨면, 천장 벽지에 피어 있던 수많은 꽃송이들이 불덩이가 되어 내게로 날아올 것만 같았다. 아내의 위로도 귀에 들어오지 않았다. 아내는 체념과 연민의 눈빛으로 내가 하는 양을 지켜보기만 했다. 빵집을 새로 오픈하는 일로 곤곤했던 달수가 몇 번을 집으로 찾아왔지만 반갑지 않았다. 어떠한 절망도 농담처럼 받아들이며 비실비실 웃을 수 있는 달수가 부러웠다. 아주 오래전, 손가락 절단 수술을 받고 온종일 어두운 방에 들어앉아 있었던 아저씨가 생각났다. 절망에 빠져, 억병으로 술에 취해 있던 아저씨의 그늘진 얼굴과 술병 옆에 아무렇게나 놓여 있던 아저씨의 두툼한 약봉지가 생각났다. 어릴 적, 우리 집 앞마당에서 길렀던 '순둥이'

가 어린 새끼들을 빼앗길 때마다 밤새 슬피 울었던 일들이 생각났다.
 삶을 쓰러뜨리는 건 죽음이 아니었다. 삶을 쓰러뜨리는 건 삶이었다. 삶은 뜻 없이 전진했고 죽음은 맹렬히 그 뒤를 쫓아왔다. 깊은 우울증을 앓으며 나는 외로운 섬으로 떠 있었다. 심한 어지럼증으로 걸음도 제대로 걸을 수 없었다. 함께 놀자고 조르는 어린 딸의 손을 냉정하게 뿌리치기도 했다. 어찌 살아가야 할지 막막했고, 막막한 순간마다 잘못 살았던 지난날이 아프게 지나갔다. 아주 오랫동안 나는 내가 아니었다. 어두운 방으로 들어가 이불을 걷으면 이불 속에 누워 있는 내 모습이 보였다. 아픔과 불안과 절망 속에서도 시간은 흘러갔고, 우울증은 조금씩, 조금씩, 좋아졌다.
 캄캄한 방에 누워 소쩍새 울음소리와 풀벌레 울음소리를 들으며 나는 나를 들여다볼 수 있었다. 밤하늘 은하수를 건너는 별빛의 노래를 들으며, 언어의 이면을 타고 흐르는 생(生)의 시원(始原)과 경이를 짐작할 수 있었다. 고통의 섬에서 나는, 아무것도 아닌 나를 볼 수 있었다. 커다란 나를 볼 수 있었다. 아무것도 보이지 않았던 고통의 섬에서 나는 더 많은 것들을 볼 수 있었다.

 우울증을 앓았던 그해 겨울, 온종일 눈이 내리던 날이었다. 앞산의 나무들이 보이지 않을 만큼 함박눈이 내리고 있었다. 창문 밖 멀리 아버지의 모습이 보였다. 아버지는 빗자루를 가지고 우리 집 고물차 위에 쌓인 눈을 걷어내고 있었다. 아버지는 눈사람이 되어 눈을 치우고 있었다. 한 시간쯤 지나 차 위에 눈이 다시 쌓이면 다시 나와 눈을 치웠고, 한 시간쯤 지나 또다시 눈이 쌓이면 다시 나와 눈을 치웠다. 아버지는 저녁 늦도록 몇 번이고 차 위에 눈을 치웠다. 아픈 아들의 손을 한 번도 잡아준 적 없는 아버지는 그렇게 아들의 손을 잡고 있었다. 아버지의 사랑은 언제나 말이 없었다. 아버지의 사랑은 소리 없는 배려였다. 교양이란 타자에 대한 배려일 것이다. 타자를 이해하는 배려가 아니라, 타자를 인정하는 배려일 것이다. 생각에 머물지 않고 손과 발에 생각을 담는 힘이 교양일 것이다. 내가 아버지를 원망하면서도 사랑할 수 있었던 건, 삶의 순간순간마다 소리 없이 보여주셨던 아버지의 곡진한 사랑 때문이었다.

시간이 지날수록 건강은 회복되었다. 오랜 시간의 아픔에서 일어서던 날, 세숫대야에 물을 떠다가 어린 딸의 발을 닦아주었다. "……아빠가 너무 미안해……." 어린 딸 앞에서 어깨를 들썩이며 소리 없이 울었다. 아픔에서 일어설 수 있었던 건 가족들의 사랑이 있었기 때문이다. 소리 없이 내 곁을 다녀가신 하나님의 사랑이 있었기 때문이다. 아픔은 길이 돼주었다. 아픔은 나를 낮추는 시간이었고, 아파야만 보이는 길이 있었다.
나를 버리지 않고는 한 움큼의 진실도 얻을 수 없었다. 나 하나만을 위해 살지 않겠다고 하나님께 약속했다. 무의탁 할머니들이 살고 있는 곳과 보육원을 정기적으로 방문했다. 누군가의 손을 잡아주는 것은 나의 손을 잡아주는 것이었다. 누군가를 사랑하는 일은 나를 사랑하는 일이었다.

두 번째 책 원고를 들고 출판사로 갔다. 다섯 군데 출판사에서 거절당한 뒤였다. 창피했지만 원고를 거절당한 뒤에도 담당자를 찾아가, 무엇을 보완해야 하는지 정중히 물었다. 자존심 같은 거 생각하지 않았다. 자존심은 대의(大義)를 위해 받쳐지는 강철 같은 꽃이니까…….
여러 의견을 반영하면서 두 번째 책 원고는 더 좋아졌다. 어긋남도 조화가 될 수 있었다. 영화감독 타르코프스키는 그의 책 『봉인된 시간』에서, 사람들이 영화관에 가는 것은 잃어버린 시간과, 놓쳐버린 시간과, 아직 성취하지 못한 시간 때문이라고 말했다. 삶도 그랬다. 잃어버린 시간과, 놓쳐버린 시간과, 아직 성취하지 못한 시간 때문에 삶은, 살아지는 거였다.
두 번째 책이 출간되었다. 책은 사람들 사이에서 뜨겁게, 아주 뜨겁게 반응했다. 아내가 웃으며 나를 끌어안았다. 아내는 울고 있었다.

인터뷰를 한다고 매일 많은 사람들이 찾아왔다. 책을 소개하고, 책을 낭독하는 방송 프로그램에도 여러 번 초대 받았다. 사랑을 실천하는 국내 단체로부터 평양 방문을 초대 받은 적도 있다. 여러 대학과 중고등학교와 교회와 기업체 등에서 강연 요청이 들어왔다. 강연을 위해 전국을 돌아다녔고, 원고 청탁도 감당할 수 없을 만큼 들어왔다. 때로는 반짝이고 싶어 내 몸에 불을 켜기도 했다. 내 안에 교만이 보이기도 했다. 나는 나를 돌아보아야 했다. 무리한 강연 일정 탓에 글 쓰는 시간도 많이 빼앗겼다. 글 쓰는 사람은 안으로 깊어져야 하는데 나는 밖으로만 퍼냈다. 중심을 빼앗긴 것 같아 마음을 바꿔야 했다. 강연을 가야 한다면 두세 시간 거리 안에 있는 곳만 가기로 마음을 먹었다. 가급적 큰 행사만 가기로 마음을 먹었다.

어느 날, 경기도 벽제에 있는 중학교 선생님으로부터 편지를 받았다. 강연을 부탁하는 편지였다. 편지를 읽는 내내 마음이 짠했다. 편지를 보낸 선생님이 근무하는 벽제의 학교 근처에는 아직도 비닐하우스가 많고, 대부분의 학생들이 문화 혜택을 받지 못한다고 했다. 맞벌이 부모가 많아 아이들은 외롭고, 가난 때문에 탈선하는 아이들도 있다고 했다. 아이들에게 많은 것을 해주고 싶은데 그럴 수 없어 마음 아프다고 했다. 편지를 읽으며 나를 다시 돌아볼 수 있었다. 글도 쓰고, 건강도 생각해야 한다면, 그리고 정말로 시간이 없다면, 큰 행사 대신 작은 행사를 가는 게 맞는 거였다.

　유명인도 아닌 내가 잠시 유명인 행세를 한 것 같아 부끄러웠다. 나는 유명인이 아니었고, 유명인이 되고 싶지도 않았다. 내가 우울증에 빠져, 세수도 안 하고, 머리도 감지 않고, 온종일 어두운 방에 처박혀 있을 때, 세상은 조금도 나를 궁금해하지 않았다. 이름을 얻는다는 것은 날개를 다는 일일 텐데, 끝끝내 날 수 있는 새는 한 마리도 없다. 유명의 한계가 그랬다. 하늘을 날 수 없다면 암탉이라고 생각하면 그만이었다. 매일 싱싱한 달걀을 낳을 수 있으니 그것도 고마운 일이었다. 나는, 민들레의 눈높이로 세상을 바라보고 싶었다.

21

코끼리가 울던 밤

집으로 가는 길이었다. 저 멀리 아버지가 보였다. 아버지는 동네 어귀에 있는 국밥집 흐린 불빛 아래 앉아 혼자서 막걸리를 마시고 있었다. 할 수만 있다면 피해 가고 싶었지만, 아버지와 눈까지 마주친 터라 그럴 수도 없었다. 잠시 숨을 고른 뒤 곤혹스러움을 감추며 아버지가 있는 국밥집 안으로 들어갔다.

"······아버지, 여기 계셨어요?"

"어, 왔나!"

술에 취한 아버지는 반색하며 나를 맞았지만 아버지 목소리에도 당혹감이 배어 있었다.

"바쁘지 않으면 잠깐 앉았다 가라."

"네."

나는 떨떠름한 표정으로 말했다. 왜 자꾸만 술을 드시냐고 물어볼 염도 없었다.

아버지는 되똑거리는 몸을 똑바로 세우려 했지만 초점 없는 눈빛만으로 아버지의 취기를 어림할 수 있었다. 나는 내색하지 않고 아버지 앞에 앉았다. 아버지의 눈빛이 나와 술병 사이를 불안하게 오가고 있었다.

"너도 한잔할래?"

"아니요."

나는 내 마음속에 뻣센 가시를 박으며 불퉁스럽게 아버지의 말을 받았다. 아버지 얼굴에 민망한 기색이 역력했다. 아버지는 음식점 한쪽으로 걸어가 막걸리잔 하나를 가지고 왔다. 아버지는 술잔 가득 막걸리를 따라 내 앞에 놓아주었다. 잠시 어색한 침묵이 흘렀다. 나는 마땅히 시선 둘 데가 없어 어정쩡 고개를 돌리고 비 내리는 국밥집 밖 풍경을 무심히 바라보았다. 낡은 파라솔 아래 웅크리고 앉아 토마토를 파는 할머니가 가까이 보였다.

"국밥이라도 한 그릇 먹어라. 배고플 텐데."

"생각 없어요."

건성으로 말했지만 내 말 속엔 살쾡이 눈빛이 숨어 있었다. 아버지는 머쓱한 얼굴로 자리에서 일어나 비틀비틀 걸음을 걸으며 국밥집 밖으로 나갔다. 나는 불안한 눈빛으로 아버지의 걸음새를 좇았다. 아버지 걸음이 멈춘 곳은 토마토를 파는 할머니 앞이었다. 아버지는 할머니와 짧은 이야기를 나눈 뒤 토마토 한 봉지를 사들고 국밥집 안으로 들어왔다.
"느이 엄마가 토마토 좋아하잖냐."
여느 때와는 달리 조금은 과장된 목소리로 아버지가 말했다.
"유진아, 아버지가 여러 가지로 미안하다. 이번 일은 잘될 줄 알았는데 또 낭패를 보고 말았구나. 20년을 가까이 지낸 친구가 감쪽같이 나를 속였으니 어쩔 도리가 없었다."
어루듯 나에게 말하며 절레절레 고개를 젓는 아버지의 모습이 안쓰러웠다. 아버지의 20년 지기는 새로운 사업을 미끼로 아버지의 통장에 얼마 남지 않은 돈까지 모조리 빼먹고 어디론가 잠적해 버렸다. 갈피갈피마다 바람 불었던 아버지의 인생이 어쩌면 그 일로 해서 송두리째 날아가버렸는지도 모른다. 단 한순간에도 허물어질 수 있는 게 인생이었다. 나는 가급적 말랑한 목소리로 말했다.
"어떻게 말씀드려야 할지 모르겠네요. 너무 속 썩지 마세요, 아버지……."
"사람이 사람을 말로 위로할 수 있겠냐. 사람을 위로할 수 있는 건 생각이나 행동일 테지……. 아버지는 말이다. 네가 결혼하기 전까지 매일매일 네 구두를 닦으며 사실은 나를 위로했었다."

감회 어린 목소리로 아버지가 말했다. 자조적인 웃음을 지으며 고개를 끄덕이는 아버지의 낯빛이 몹시 쓸쓸해 보였다. 정말 그랬었다. 스무 살이 넘어 내가 구두를 신기 시작할 때부터 결혼할 때까지 아버지는 매일 아침 내 구두를 닦아놓았다. 구두를 닦는 일은 사랑을 표현하는 아버지만의 언어였겠지만, 술에 대한 미혹을 떨칠 수 없는 자신의 비루한 생에 대한 미안함 때문이었는지도 모른다. 술로 인해 하루하루 몰락해 가는 자신을 아버지는 그렇게라도 위로하고 싶었는지도 모른다.

"유진아, 돌이켜 생각해 보면 말이다, 술이 나를 삼킨 게 아니라 슬픔이 나를 삼킨 거다."

"아버지는 슬픔 때문에 술 드신다고 하시지만 아버지만 슬픔 있는 거 아니잖아요. 슬픔이 있다고 모든 사람들이 술 마시는 것도 아니고요."

조심스럽게 말했지만, 내 목소리엔 원망이 담겨 있었다. 일순 아버지의 표정이 굳어졌다.

"나만 슬프다고 말하지는 않았다."

그 순간 나도 모르게 말의 방아쇠에 손가락을 걸었다. 무조건 덮어두는 게 능사는 아니지 싶었다.

"⋯⋯아버지, 슬픔이 아무리 커도 상처에 바르는 소독용 알코올까지 마시면 안 되잖아요. 어머니는 그 생각만 하시면 끔찍하시대요. 저도 그렇고요."

내 안에 가시같이 돋아 있던 속엣말을 아연한 표정으로 쏟아내고 나서 나는 단숨에 막걸리잔을 비웠다. 차마 꺼내고 싶지 않은 말이었지만, 어떤 방식으로든 술에 대한 아버지의 미망은 끝내야 했다. 아버지의 술은 가족에게 악몽이었으니까.

"그땐 어쩔 수 없었다. 어떡해든 술을 끊어보려고 수중에 돈 한 푼 남겨두지 않았으니까……."

"아버지, 그렇다고 소독용 알코올을 드시면 어떡해요. 마시면 절대 안 된다고 분명히 표시돼 있는데요."

어루듯 말하며, 나는 아버지가 늘어놓은 변명의 허리를 잘랐다.

"그런데 그건 어떻게 알았냐? 엄마가 말하든?"

"알고 싶으세요?"

다소 위압적인 눈빛으로 반문하는 나를 바라보던 아버지의 얼굴이 잠시 일렁였다. 나는 눈을 떨구지 않았다. 아버지의 새된 고함에도 이미 익숙해진 터였다.

"아니다, 됐다. 내가 잠시 미쳤던 거지. 제정신 가진 사람이 그런 짓 하겠냐. 어쩌다 이 지경이 됐는지 나도 잘 모르겠구나. 정말 한심한 노릇이다."

어깃장을 놓는 자식 앞에서도, 술만 마시면 죄인이 되고 마는 아버지였다. 참으려 했지만 눈물이 나왔다. 아버지는 눈을 떨군 채 망연히 땅을 바라보다가 잠시 뒤 말을 이었다.

"아버지는 말이다. 어릴 적에 할아버지에 대한 반감이 아주 심했다. 두 번씩이나 바뀐 새엄마는 허구한 날 어린 나를 때렸다. 종아리와 등짝에 살점이 패이도록 매를 맞아도 할아버지는 묵묵히 바라보고만 있었다. 머리를 뜯겨 주먹만큼 머리카락이 빠져나가도, 추운 겨울 온몸에 찬물을 뒤집어쓰고 맨발인 채 눈 내린 들판으로 쫓겨나도 느이 할아버지는 모른 척 어린 아들에게 노자와 장자만 가르치셨다. 그런 할아버지가 어찌 원망스럽지 않았겠냐. 나를 낳아준 엄마 얼굴도 본 적이 없으니 엄마를 부르며 울 수도 없었지……. 그렇다고 낭만한 청춘도 없었고……."

웬만해선 속내를 보이지 않는 아버지의 목소리가 떨리고 있었다. 아버지는 잔에 가득 막걸리를 따라 단숨에 마셨다. 아버지 눈가로 눈물이 흘러내렸다. 아버지를 위로하고 싶었지만 아무 말도 하지 않았다. 언젠가 길거리에서 어린 자식을 모질게 때리는 낯선 엄마를 향해 아버지가 분노하는 모습을 본 적이 있다. 어린 날의 상처는 세월로도 지워지지 않고 강박과 불안과 혼돈과 절망과 폭력으로 고스란히 살아난다는 것을, 나는 아버지를 통해 알고 있었다.

아버지는 불콰하게 취한 눈으로 비 오는 창밖을 바라보고 있었다.

"아버지, 이제 그만 가시죠. 많이 취하셨어요."

천연스럽게 말했지만 마음은 몹시 불안했다. 아버지는

초승달을 삼킨 듯 잠시 묘한 표정을 짓더니 이내 고개를 끄덕였다. 밤 10시가 넘었고, 가랑비는 점점 굵어졌다. 토마토 파는 할머니는 파라솔 아래 여전히 웅크리고 앉아 있었다. 아버지가 토마토를 사 온 뒤로도 할머니의 토마토를 사 가는 사람은 아무도 없었다.

술 한 잔을 마시고 나서 아버지가 말했다.

"돌이켜 생각해 보면 눈치만 보며 살아온 것 같다. 세상 눈치 보며, 가족 눈치 보며, 어떤 날은 내가 내 눈치를 보면서 말이다. 나 한 사람 때문에 가족들까지 고생하는 거 보면 마음이 무너졌다. 나도 가족들에게 든든한 아버지가 되고 싶었거든……. 가족들에게 늘 미안했지만 미안하다고 말할 수도 없었고 고맙다고 말할 수도 없었다. 무능한 아버지는 할 말이 있어도 할 말이 없으니까……. 하는 일마다 번번이 주저앉고 나면 죽고 싶은 날도 있었지만, 눈물은 가슴속으로만 흘러내렸다. 나는 아버지니까……. 아버지는 가족들 앞에서 울면 안 되니까……."

아버지는 마음을 가라앉히려는 듯 잠시 아무 말도 하지 않았다.

"유진아, 무능한 가장이 제일 힘든 게 뭔 줄 아니?"

아버지의 물음에 나는 잠자코 아버지 얼굴만 바라보았다.

"세상 사람들이 무능하다고 깔볼 때, 가족들도 함께 깔본다는 거다. 생각해 보면 가슴 아픈 일 아니냐. 아무리 비천한 사람에게도 위로는 필요한 건데 말이다. 잘났든 못났든 아버지들은 코끼리를 등에 업고 살아가는 사람들인데 말이다."
아버지는 말끝을 삼키며 비척비척 자리에서 일어났다.
"어디…… 가시게요?"
"화장실."
"제가 모시고 갈까요? 많이 취하신 것 같은데요."
"아니다, 그럴 필요 없다."
아버지는 비틀거리며 국밥집 밖으로 나갔다. 아버지 걸음이 멈춘 곳은 토마토를 파는 할머니 앞이었다. 잠시 후 아버지는 토마토 한 봉지를 더 사 가지고 들어왔다.
"애당초 내가 토마토를 사지 않았으면 노인네가 밤 10시가 넘도록 저렇게 손님을 기다리진 않을 텐데 말이다……."
아버지는 긴 한숨을 몰아쉬었다. 빗방울 맺힌 토마토를 바라보는 순간, 나도 모르게 눈물이 핑 돌았다. 어쩌면 오래전에 내 구두를 닦았던 것처럼 아버지는 토마토를 사며 무너져가는 자신을 위로하고 싶었는지도 모른다. 토마토 파는 할머니를 바라보며 아버지는 당신의 어머니를 생각했는지도 모른다. 슬픔 밖에서는 슬픔이 보이지 않는다는 아버지의 말이 문득, 가슴 아팠다.
술에 취한 아버지를 업었다. 코끼리가 코끼리를 등에 업고 걸어가는 밤, 소슬한 바람이 불어왔고 빗소리는 점점 커지고 있었다.

22

얼룩말들은 왜 서서 잠드는가

늦은 봄이었다. 시장 사람들을 그리고 싶었다. 시장 풍경을 사진에 담으려고 남대문 시장으로 갔다. 시장은 사람들로 붐볐다. 오가는 많은 사람들 사이로 한 할아버지가 걸어가고 있었다. 손에 신발을 신은 할아버지가 달팽이처럼 느릿느릿 걸어가고 있었다. 할아버지를 그리고 싶었다. 그림을 그리려면 할아버지를 사진에 담아야 했다. 멀찍이 서서, 뷰 파인더로 할아버지를 바라보았다. 거리가 너무 멀었다. 망원렌즈도 가져오지 않았다. 할아버지에게 상처가 될 것 같아 더 가까이 다가갈 수도 없었다. 할아버지의 아픔을 도둑질하는 것 같았다. 카메라를 목에 걸고 할아버지 뒤를 따라갔다. 30분쯤 할아버지를 따라 걷다가 카메라를 가방에 넣었다. 멀리서라도 할아버지를 그리는 게 낫겠다는 생각이 들었다. 연필도, 스케치북도, 지우개도 없었다. 파란색 볼펜만 하나 있었다. 가방에서 제오르제 바코비아 시집을 꺼냈다. 멀리서 할아버지를 따라 걸으며 시집 뒷면에 할아버지를 그렸다. 아무도 모르게 그리고 싶었다. 봄이 저만큼 갔는데도 할아버지는 두툼한 겨울옷을 입고 있었다. 겨울 모자도 쓰고 있었다. 사람들은 바쁜 걸음으로 할아버지 옆을 지나갔다. 풍경을 다투지 않는 정물화처럼 할아버지는 느릿느릿 걸어갔다. 노란색 나비 핀을 머리에 꽂은 여자 아이가 할아버지 앞으로 쪼르르 달려갔다. 아이는 동전 바구니에 천 원짜리 한 장을 넣었다. 아이는 한쪽 손에 들고 있던 카네이션도 동전 바구니 위에 가지런히 올려놓았다.
"아가야, 고맙다……."
아이를 바라보며 할아버지가 방긋 웃었다. 아이도 방긋 웃으며 엄마 품으로 쪼르르 달려갔다. 5월 8일, 어버이날이었다.

할아버지를 그리고 국밥집 앞을 지나는데 활짝 웃고 있는 돼지머리가 보였다. 여러 개의 돼지머리가 모두 웃고 있었지만 유난히 한 돼지가 활짝 웃고 있었다. 걸음을 멈췄다. 이리저리 각도를 바꿔가며 돼지머리를 사진에 담았다. 활짝 웃는 돼지머리가 중심이었다. 죽은 돼지들이 웃고 있다는 게 조금은 서늘했다. 죽은 돼지를 웃기기 위해 사람들은 무슨 짓을 했을까 궁금했다. 죽음을 앞둔 돼지가 웃을 리 없었다. 단 한 번도 배고픈 적이 없었던 행복한 생에 대한 감사로 돼지들이 웃음을 선물했을 리도 없었다. 더 많은 돈을 벌기 위해 사람들이 만든 웃음이었다.

멀지 않은 곳에 많은 사람들이 모여 있었다. 사람들 싸우는 소리가 들렸다.

"어떤 개새끼가 남의 구역에 들어와 장사하고 있어! 너, 이 새끼 누구 허락 받고 장사해! 여기서 하지 말라고 했잖아, 이 개새꺄!"

험상궂은 사내는 눈에 칼을 세우고 소리쳤다.

"저기요. 죄송합니다. 다음부턴 하지 않을게요."

덩치 커다란 사내 앞에서 한 사내가 굽신거리고 있었다. 아저씨였다.

아저씨를 그곳에서 만날 거라고 꿈에도 생각 못했다. 하관이 빨아 도드라진 광대뼈를 가진 사내는 순식간에 아저씨 가방을 빼앗았다. 시장 바닥 여기저기에 아저씨가 파는 껌들이 흩어졌다.

"이 새끼 앞 못 보는 봉사라고 말로만 했더니 안 되겠네."

사내는 식식거리며 아저씨의 지팡이를 빼앗으려고 했다. 나는 얼른 아저씨 앞을 가로막았다.

"이러지 마세요! 이분이 여기서 장사 안 하신다고 하잖아요!"
"넌 뭐야, 새꺄?"
사내는 적의에 찬 눈빛으로 나를 노려보았다.
"제가 아는 분이에요. 제가 모시고 갈게요."
나는 바닥에 떨어진 껌들을 줍고 아저씨의 팔을 끌었다.
"내 눈에 한 번만 더 보이면 그땐 정말 초상 치를 줄 알라고. 알았어?"
"네……."
아저씨는 겁먹은 초등학생처럼 고분고분 대답했다. 팔뚝에 문신이 새겨져 있는 사내는 눈을 번득이며 사라졌다.
"아저씨, 괜찮으세요?"
"유진이……. 유진이지?"
"네, 아저씨. 그동안 안녕하셨어요?"
"나는 잘 지냈다. 반갑구나, 유진아. 너무 반가워……."
아저씨는 내 손을 꼭 잡았다. 아저씨는 이전보다 많이 야위어 있었다.
아저씨를 모시고 시장을 빠져나와 중국음식점으로 들어갔다.
"아저씨 탕수육하고 소주 한잔하세요."
아저씨는 말없이 고개만 끄덕였다. 아저씨 얼굴에 쇠잔함이 느껴졌다.
"유진아, 우리가 몇 년 만이지?"

"삼 년도 넘은 것 같은데요."
"벌써 그렇게 됐나? 세월 참 빠르다."
"아저씨 뵈려고 몇 년 전에 쪽방 촌에 갔었어요. 아저씨 이사 가신 줄 몰랐거든요. 혹시나 해서 명동성당 앞에도 여러 번 갔었는데 아저씨를 만날 수 없었어요."
"그랬었구나. 미안하다. 그때는 어쩔 수 없었다. 밀린 방세도 못 주고 주인 몰래 나왔거든. 주인 볼 면목이 없었어……."
아저씨는 소주잔을 단숨에 비웠다.
"그동안 어떻게 지내셨어요? 어려움 많으셨지요?"
"뭘 어떻게 지내? 그냥 버러지처럼 떠돌았지."
아저씨는 빙긋이 웃었다.
"아저씨, 지금은 어디 계세요?"
"우리 같은 사람들 보호해 주는 시설이 몇 군데 있다. '민들레 소망원'에 오래 있었지만, 한곳에 오래 있지 못하고 두루두루 돌아다녔다. 하라는 대로만 하면 밥도 주고 잠도 재워주니 좋기는 한데, 사람이 어떻게 하라는 대로만 하고 사냐. 술 한잔 못 먹게 하니 아주 지랄 같지, 뭐……. 콧구멍만 한 쪽방이라도 혼자 쓰는 방이 대궐이야. 세상 불공평하다는 건 어머니 뱃속부터 알고 있었지만, 불공평해도 너무 불공평하단 말이지. 세상 개 같다고 나 혼자 떠들면 무슨 소용 있겠냐? 차라리 지네 발에 신발 신기는 게 낫지……."

아저씨는 고개를 절레절레 저었다. 아저씨 얼굴을 똑바로 바라볼 수 없었다. 분이 풀리지 않은 목소리로 아저씨가 내쳐 말했다.

"나같이 지지리 못난 놈들은 길바닥에 오줌만 갈겨도 법에 걸리고, 잘난 놈들은 수십억씩 탈세하고 뇌물 처먹어도 끄떡없거든. 아프리카의 얼룩말들이 왜 서서 잠을 자는지 사자들이 알 리야 없겠지만, 해도 해도 너무한단 말이지."

아저씨는 터져 나오는 한숨을 길게 뱉었다. 뭐라고 한 마디라도 거들고 싶었지만 나는 잠자코 있었다.

"유진이, 너는 좀 살 만해졌냐?"

"두 번째 책이 나왔는데요. 운이 좋았어요."

"내 뭐라 그랬냐. 너는 잘될 거라고 했지. 잘했다. 정말 잘했다."

"고맙습니다, 아저씨."

"유진아, 너는 말이다. 너무 유명한 소설가 되지 마라. 사람이 너무 유명해지면 나처럼 눈에 뵈는 게 없거든. 사람 심리가 그래. 그래서 결국에는 오래 못 가고 쫄딱 망하는 거다. 자기가 세운 깃발은 깃발이 아냐. 깃발은 가장 낮은 곳에서 펄럭이는 거니까……. 사다리는 올라가기 위해서도 필요하지만 내려오기 위해서 필요한 거다. 하여간에 나무 잘 오르는 놈이 나무에서 떨어지고, 헤엄 잘 치는 놈이 물에 빠져 죽는다. 나무 위에 사람 올려놓고 흔드는 놈들은 또 얼마나 많은지. 달도 차면 기우는 법인데 이놈의 나라엔 잘난 놈들만 너무 많아. 그러니 만날 이렇게 시끄럽지. 유진이, 너도 세상 살기 참 힘들지?"
"네, 아저씨."
"누군들 안 그렇겠냐. 아침저녁으로 복잡한 지하철 타고 다니며 밥 먹고 살기도 힘들고, 이놈 저놈 비위 맞추기도 힘들고. 다들 힘겹게 사는 거지, 뭐……. 어른들이 숨바꼭질만 제대로 배웠어도 세상은 지금보다 평화로울 텐데 말이다. 가위바위보 해서 공평하게 술래 정하면 그만이고. 술래이면서도 꼭꼭 숨으라고 당부까지 해주니 좋고, 찾다가 못 찾겠으면 '못 찾겠다 꾀꼬리' 하면 그만이잖아. 혼자만 술래 하는 거 아니니까, 유별나게 슬픈 사람도 없을 테고, 유별나게 기쁜 사람도 없을 테지. 사람 사는 게 어린애들 숨바꼭질만도 못하니 참으로 한심한 노릇 아니냐. 유진이, 너도 사람들 조심해라. 어릴 땐 돌에 걸려 넘어지지만 어른이 되면 사람에 걸려 넘어지거든……. 좋은 사람도 많지만 개만도 못한 놈들이 너무 많다. 한 입으로 두말하는 새끼들도 너무 많고, 겉 다르고 속 다른 새끼들도 너무 많아. 그런 놈들은 아예 상종을 마라. 굽은 지팡이는 그림자도 굽었거든. 독사는 허물을 벗어도 독사라는 말도 있잖냐."
아저씨는 낙망한 얼굴로 고개를 저으며 말했다.
"아저씨, '민들레 소망원' 어디 있어요?"

"알 것도 없다. 올 만한 곳도 못 되거든. 내일부터 명동 성당 앞에서 장사할 거니까, 나 만나려면 그리로 와라."

아저씨는 술에 취해 있었다. 가지고 있던 돈이라도 드리려 했지만 아저씨는 받지 않았다. '민들레 소망원'까지 모셔다 드린다 해도 싫다고 했다. 아저씨는 따뜻한 눈빛으로 나를 잠시 일별하고 혼자 걸어갔다. 더듬더듬 지팡이를 두들기며 걸어가는 아저씨의 뒷모습이 눈에 글썽거렸다.

길을 지날 때, 모르는 사람을 따라오는 강아지는 주인을 잃은 강아지일 것이다. 그 강아지는 아마도, 주인을 잃은 슬픔보다 배고픔이 더 절박한 강아지일 것이다. 작은 것들은 작아져야 하고, 약한 것들은 약해져야 한다. 큰 것들은 커져야 하고 강한 것들은 강해져야 한다. 파도가 부서지듯 마침내 큰 것들은 부서져 작은 것들이 되어야 한다. 강한 것들은 부서져 약한 것들이 되어야 한다. 모순을 강요하는 모순에 나는 저항하고 있는가. 평화를 강요하는 평화에 나는 저항하고 있는가. 나는 자신할 수 없었다.

23

어둠 속에서도 바다는 푸르다

동창회를 마치고 달수와 함께 지하철을 탔다.
"아, 참 달수야, 너 아저씨 기억나지? 옛날에 우리 옆집 살던 아저씨 있잖아."
"그럼. 기억나지. 우리가 만날 오뎅 아저씨라고 불렀잖아. 하모니카 기가 막히게 불던 아저씨……. 아저씨하고 연락 끊어졌다면서?"
"얼마 전에 다시 만났어. 우연히……."
"잘됐다. 너 그 아저씨 되게 만나고 싶어했잖아?"
"그렇게 만날 줄 몰랐어. 세상 참 좁더라."
"세상 무지 좁아. 나도 시내 나가면 우연히 만나는 동창 놈들 많거든. 아저씬 잘사시냐?"

"아니, 어렵게 사신다. 오래전엔 회현동 쪽방촌에 사셨는데, 잘은 모르겠지만 지금은 노숙자 시설 같은 곳에 사시나 봐. 어디라는 말씀도 안 하시고…… 명동성당 앞에 가면 아저씨 만날 수 있거든. 나중에 만나면 조그만 사글세방이라도 얻어드리려고."
"명동성당 앞에서 아저씨 뭐 하시는데?"
"껌 파신다. 앞을 못 보시니까 하실 수 있는 일이 그런 거밖에 없잖아."
"아저씬 그래도 열심히 사신다."
"워낙에 긍정적이고 선하신 분이잖아. 달수야, 오늘 동창회 재밌었냐?"
"재밌기는…… 동창회 뭐 재밌어서 가냐?"
"사실은 나도 재미없었다."
"유진이 네가 재밌으려면 딱 한 사람만 있으면 되는데. 그치?"
달수는 해죽해죽 웃고 있었다.
"라라……. 라라만 있으면 유진이 너는 재밌잖아. 맞지?"
"라라, 이민 갔다 그랬잖아."
"한국으로 다시 왔을지도 모르잖아."
"이민 간 사람이 왜 다시 오겠냐? 모두 이민 못 가서 난린데."

"그럴까?"
"그럴 거야."
"그래도 혹시 모르잖아. 사람 일 장담할 수 없으니까."
"언감생심이지. 차라리 군밤에서 싹 나기 바라는 게 낫지 않겠냐?"
나도 모르게 한숨이 나왔다.
"유진아, 지금도 라라 보고 싶냐?"
"가끔."
"너도 참 대단하다."
"첫사랑이잖아."
어두운 지하 창밖을 바라보며 나는 라라를 생각했다. 라라는 기억 저편에 남아 있는 아름다운 풍경이었다.

퇴근 시간 전이라 지하철 안엔 사람들이 많지 않았다. 중년의 사내가 대형 카세트 플레이어를 실은 카트를 밀며 지하철 안으로 들어왔다.
"차내에 계신 승객 여러분께 먼저 양해의 말씀을 드리겠습니다. 오늘 저는 승객 여러분께 아름다운 음반 하나를 소개해 드리려고 합니다. 제가 들려드리는 음반은 여러분 가슴속에 별빛처럼 남아 있는 추억의 가요입니다. 음악 감상 하시면서 잠시나마 멋진 추억 여행 해보시기 바랍니다."
그는 카세트 플레이어의 볼륨을 높였다. 그때, 지하철 옆

칸의 슬라이드 문이 다르르 열리더니 어린 딸의 손을 잡은 앞 못 보는 사내가 하모니카를 불며 느릿느릿 걸어왔다.
 아저씨가 생각났다. 명동성당으로 가면 아저씨를 만날 수 있었다. 지갑을 꺼내 어린아이가 들고 있는 동전 바구니에 천 원짜리 한 장을 넣었다.
 동대문역에서 내렸다. 4호선으로 갈아타기 위해 계단을 오르내렸다. 명동으로 가는 내내 나는 아저씨를 생각했다.
 어둠이 내릴 무렵 명동 거리는 사람들로 붐볐다. 추위에 몸을 웅크린 사람들이 빙판길을 종종걸음으로 걸어가고 있었다. 나는 빠른 걸음으로 명동성당을 향해 걸어갔다. 멀지 않은 성당 입구에 아저씨가 앉아 있었다. 한겨울 추위에 아저씨는 몸을 바들바들 떨고 있었다. 나는 한 걸음 한 걸음 다가가 아저씨의 손을 꼭 잡았다.
 "아저씨, 저 왔어요. 유진이요."
 "어, 유진이 왔구나."
 "네"라고 겨우 말했다. 눈물이 나올 것 같았다.
 아저씨와 함께 근처 음식점으로 갔다.
 "유진아, 그동안 잘 지냈냐? 참 오랜만이다. 그치?"
 "네."
 웃고 있는 아저씨 얼굴에 주름이 가득했다. 나무들은 몸속에 나이테를 만들지만, 사람들은 얼굴에 나이테를 만든다고 했던, 오래전 아저씨의 말이 생각났다.

"유진아, 나, 이제 나쁜 놈 다 됐다. 좋은 놈 나쁜 놈이 따로 없더라구. 쫓겨나고 매 맞고 배고프면 누구나 나쁜 놈 되는 거지 뭐…… 이루어놓은 것도 없이 검은 뱃속 채우느라 나이만 훔쳤다."
아저씨 얼굴이 예전보다 불안해 보였다.
"아저씨 걱정 있으세요?"
"걱정 같은 거 없다. 걱정이 많으면 걱정이 없는 법이지."
아저씨 얼굴만 바라보았을 뿐, 나는 아무 말도 할 수 없었다. 술을 마시며 아저씨와 이런저런 이야기를 나누었다. 술을 급하게 마신 탓에 어지러웠다. 속이 메스꺼워 화장실로 갔다. 먹은 술을 다 올렸다. 입가를 닦고 아무렇지도 않은 듯 화장실에서 나왔다. 아저씨가 없었다. 한참을 기다려도 아저씨는 오지 않았다. 의자에 걸어두었던 오리털 파카를 챙겨 입고 음식 값을 계산하려고 카운터로 갔다. 오리털 파카 안쪽 주머니에 있던 지갑이 없어졌다. 적지 않은 돈이 들어 있는 지갑이었다. 바지 주머니를 뒤지고 가방을 뒤져 보아도 지갑은 없었다. 음식 값을 지불할 돈이 없었다. 달수에게 전화를 걸었다.

집으로 돌아왔다. 내 방 창가에 앉아 헐벗은 겨울나무들을 바라보았다. 사람은 누구나 자기가 살고 있는 세상을 닮아간다는 아저씨의 말이 생각났다. 아저씨를 이해할 수 있었다. 다람쥐의 거울은 옹달샘이고, 달팽이의 거울은 이슬방울이다. 어둠은 배경을 지우지만, 어둠 속에서도 바다는 여전히 푸르다.

24

민들레 소망원

아저씨가 보고 싶었다. 인터넷으로 '민들레 소망원'을 검색했다. 검색한 주소를 가지고 집을 나섰다. 지하철을 타고, 버스를 타고, 물어물어 '민들레 소망원'을 찾아갔다. 낡은 건물 벽에 '민들레 소망원'이라는 나무 간판이 붙어 있었다. 추레한 차림의 아저씨들이 좁은 마당에서 담배를 피우고 있었다. 머리 희끗한 수녀 한 분이 갑작스레 문을 박차고 나왔다.

"여기서 담배 피우지 말라고 말씀드렸지요. 그렇지 않아도 우리들 때문에 집값 떨어진다고, 동네 사람들이 민원 넣고 있어요. 정 피우시려면 뒤뜰에서 피우시라고 제가 몇 번을 말씀드렸어요?"

수녀는 싸늘한 눈빛으로 사내들을 바라보았다.
"아따 원장님, 너무 화내지 마셔유. 말귀 다 알아들었으니께 앞으로는 뒤뜰에 가서 필게유. 죄송해유."
사내들은 수녀의 눈치를 살피며 슬금슬금 뒤뜰로 갔다. 되잖은 웃음을 흘리며 수녀를 노려보는 사내도 있었다. 나는 수녀에게로 다가갔다.
"수녀님, 말씀 좀 여쭤보겠습니다. 혹시 이곳 원장 수녀님이신가요?"
"네, 그런데요."
"제가 찾는 분이 혹시 이곳에 계신가 해서 왔습니다. 제가 찾는 분 존함이 박오쟁 씨거든요."
"오쟁 씨요? 앞 못 보시는······."
"네, 아시나요?"
"그럼 알지요. 한참 동안 이곳에 계셨더랬어요. 어느 날 나가시더니 그후로 안 들어오셨어요. 여기는 들락날락거리는 분들이 아주 많거든요."
"아아, 그렇군요. 그러면 아저씨가 다시 오실 수도 있겠네요?"
"그렇죠. 다시 오실 수 있죠. 날 추워지면 한뎃잠 잘 수 없으니까 다시 오는 사람들 아주 많아요."
"이곳에 봉사하러 오시는 분들도 있나요?"
"그럼요. 이 옆 건물은 중증지체장애인들이 거주하는 곳이에요. 앉아 있지도 못할 만큼 몸이 불편한 분들이지요. 그분들 목욕도 시켜드리고, 밥도 먹여드리고, 빨래도 해드리러 오시는 분들 많아요. 그런 분들이 계셔서 저희 시설이 운영될 수 있는 거지요."

"저도 할 수 있나요?"

"도와주시면 저희야 감사하지요. 평일에는 손이 좀 모자라거든요."

"저는 평일도 시간 괜찮아요."

"감사합니다. 자세한 일정은 저희 사무실 간사님이 알려주실 거예요."

"원장님, 하나만 더 여쭤볼게요. 아저씨가 여기 오시면 이곳 장애인 시설에서 생활하시나요?"

"아니요. 이곳 장애인 시설은 중증지체장애자들을 위한 시설이에요. 시각장애자는 들어올 수 없거든요. 박오쟁 씨는 어쩔 수 없이 노숙자들을 위한 시설에서 생활하셨어요. 참 점잖으신 분인데 많이 불편하셨을 거예요. 이곳엔 생각보다 거친 분들도 많거든요."

"잘 알았습니다. 감사합니다."

'민들레 소망원' 사무실로 들어갔다. 담당 간사와 방문 일정을 상의했다. '민들레 소망원'은 내 마음을 채울 수 있는 곳이기도 했지만, 무엇보다도 그곳을 오가다 보면 아저씨를 다시 만날 수 있을 것 같았다. 나는 기쁜 마음으로 '민들레 소망원'을 나왔다.

어머니와 다투시고 나간 아버지가 막걸리 한 병에 건빵 한 봉지를 사 가지고 돌아오셨다. 술을 사 온 아버지가 측은하게만 보였던 건 왜였을까? 알코올중독자들에겐 새 울음소리도 술 핑계가 될 수 있다는 걸 알면서도 아버지에 대한 연민이 생겼던 건 왜였을까? 아버지는 양지바른 마루에 앉아 말없이 술을 마셨다. 아버지가 깊은 숨을 쉴 때마다 아버지 그림자를 밟으며 코뿔소 한 마리가 쿵쿵 지나갔다. 아버지 몸에서 마른 잎사귀가 떨어져 내렸다. 파랑(波浪) 같은 시간을 건너는 동안 아버지의 꿈은 부서졌고, 부서진 꿈을 줍고 있던 아버지는 맨발이었다. 아버지의 넓었던 등은 오래된 문짝처럼 누추했고, 늠름함을 잃어버린 아버지의 어깨는 불안했다. 아버지 팔뚝을 타고 흐르던 힘찬 강물도 이제는 길을 잃었다. 마른세수를 하는 아버지 얼굴에선 눈길을 걸어가는 사뿐한 발자국 소리도 들리지 않았다. 이 사람 저 사람 잘난 사람들 눈치를 보며, 아내와 철없는 자식들 눈치를 보며, 아버지는 외로운 섬이 되었다. 불빛을 더듬어 먹이를 물어다 키운 자식들은 자신의 삶으로만 분주했고, 다시는 돌아올 수 없는 풍경 속으로 아버지는 걸어가고 있었다. 흰머리 성성한 아버지가 섬처럼 벽 쪽으로 돌아누운 밤이면, 부러진 더듬이를 더듬거리며 나는 눈물을 글썽거렸다.

'민들레 소망원'을 방문했다. 여섯 번째 방문이었다. 여럿이 모여 앞마당에서 빨래를 했다. 빨래를 널고 바지랑대를 세웠다. 마당 한쪽에 있는 꽃밭 앞에 앉았다. 빨간 샐비어꽃 한 송이를 따서 입에 물었다. 달달한 꽃물이 입 안 가득 퍼졌다. 아주 가까운 곳에서 하모니카 소리가 들렸다. 귀에 익은 하모니카 소리에 이끌려 나는 한 걸음 한 걸음 방으로 들어갔다. 청보리 물결처럼 리듬을 타는 하모니카 소리는 분명 아저씨의 하모니카 소리였다.

저녁노을이 보이는 창문 아래 누워 아저씨가 하모니카를 불고 있었다. 아저씨는 더 이상 아저씨가 아니었다. 반백의 머리와 주름진 뺨과 앙상한 몸뚱이를 가진 초로의 노인이었다. 인기척을 알아차린 아저씨가 하모니카를 멈췄다.

"누구 오셨나요?"

아저씨는 내가 있는 쪽으로 머리를 돌렸다. 나는 아무 말도 하지 않았다.

"박군이구먼. 어여 이리 와 앉아."

나는 아저씨 곁으로 다가가 앉았다. 아저씨가 나를 알아볼 리 없었다. 아저씨 얼굴은 평화로웠다.

"앞 못 보는 나도 답답하지만, 말 못하는 자네도 참 답답

할 거야. 자넨 젊으니까 나보다 더하겠지. 포기할 수 없는 게 많을수록 사람은 더 답답해지거든. 그래도 힘내라고……."
아저씨는 손을 더듬거리며 내 손을 꼭 잡았다. 아저씨는 한참 동안 내 손을 잡고 있었다. 아저씨는 아무 말이 없었다. 나는 슬며시 방을 나왔다.
어둑한 마음으로 샐비어 꽃밭 앞에 앉아 있었다. 꿀을 따러 온 벌들이 윙윙거리며 샐비어꽃 섬을 건너고 있었다. 방 안에서 아저씨의 하모니카 소리가 다시 들려왔다. 〈클레멘타인〉이었다. 참았던 눈물이 내 얼굴을 타고 흘러내렸다. 방 안에 있는 아저씨도 나처럼 울고 있을 것 같았다. 저녁노을이 빼알갛게 스러지고 있었다.

아저씨가 있는 방으로 나는 다시 들어갔다. 아저씨가 누워 있는 곳으로 다가갔다. 아저씨 손을 잡았다.
"아저씨, 저예요. 유진이요."
"응……. 알고 있었다."
아저씨는 환하게 웃더니 이내 아무 말이 없었다.
"아저씨, 잘 지내셨어요?"
"……잘 지냈지. 나 여기 있는 거 어떻게 알았니?"
"오래전에, 아저씨가 '민들레 소망원'에 계셨다고 말하신 적 있어요."
"응, 그랬구나. 조금 전에 내 손 잡았을 때, 유진이 넌 줄 알았다."

"모르시는 줄 알았어요."

"단번에 알았다. 틈만 나면 살뜰하게 내 어깨 주물러주었던 손을 어떻게 내가 잊을 수 있겠냐. 내 머리는 기억하지 못해도 내 몸은 네 손을 기억하고 있거든."

아저씨는 잠시 사이를 두었다가 말을 이었다.

"아는 척할 수 없었다. 도둑놈이 제 발걸음 소리에 놀랐던 거지. 유진이 네 지갑으로 검은 뱃속을 채웠으니 말이다."

아저씨 얼굴에 슬픔이 가득했다.

"유진아, 너한테 죄 지은 것 같아 마음이 늘 편치 않았다."

"아저씨, 그런 말씀 하지 마세요. 그때는 제가 죄송했어요."

"아니다. 잘못한 건 잘못한 거지. 살길이 막막했어도 남의 지갑에 손댄 적은 없었는데……. 후회 많이 했다."

"아저씨, 아니에요. 아저씨 어렵게 사시는 거 알면서도 제가 아저씨 마음을 살피지 못했어요. 죄송해요, 아저씨……."

"아니다. 내 잘못이다. 너한테는 늘 좋은 모습만 보여주고 싶었다. 너는 내 가족 같았어. 이제껏 살아오면서 먼저 간 마누라와 너 말고는 나를 진심으로 대해 준 사람이 없었다. 기껏해야, 앞 못 보는 불쌍한 장님일 뿐이었지."

"아저씨, 이제 걱정 마세요. 제가 자주 찾아뵐게요."

"아니다. 그럴 필요 없다. 내일모레가 환갑이니 나도 많이 늙었다. 내 몸에서도 하나둘 낙엽이 떨어지고 있거든. 이제는 세상에 대한 아무 미련도 없다. 낙엽이 쌓이면 길은 지워지지만, 낙엽이 쌓이면 모든 곳이 길이 되니까."
 "아저씨 아직 젊으세요. 환갑도 안 되셨잖아요. 저랑 바다 가시기로 한 거 기억나세요?"
 "그럼. 기억나지. 그게 언제 일이냐? 참 오래된 것 같구나."
 "저 고등학교 때요."
 "그랬구나. 하도 오래전이라 기억이 가물가물하다. 바다…… 참 좋지. 내 고향이 바닷가라고 말했었지?"
 "네. 서해에 있는 섬에서 태어나셨다고 하셨잖아요."
 "내 고향은 기막히게 아름다운 곳이었다. 고향 살 때만 해도 두 눈 다 멀쩡했지. 시인이 되고 싶어 매일매일 바닷가에 앉아 시집을 읽었다. 저물녘이면 등대 밑에 앉아 되지도 않는 시를 쓰기도 했고."
 "아저씨, 그때 쓴 시, 지금도 가지고 계세요?"
 "웬걸……. 스무 살 근처에 쓴 시는 몇 편 남아 있지만, 어릴 적 쓴 시가 남아 있을 리 없지. 허기사 시를 따로 쓸 필요도 없었다. 수평선 너머로 날아가는 갈매기가 한 편의 시였고, 밤바다가 한 편의 멋진 시였다. 우리 아버님이 등대지기셨는데, 어두운 밤바다를 비추는 등대가 그냥 한 편의 시였다. 밤바다에 두둥실 떠 있는 보름달을 보면 절로 눈물이 나왔다. 생각해 보면 그 아름다운 시절이 내 삶의 전부였던 것 같구나."

아저씨는 쓸쓸하게 웃고 있었다.

"유진아, 달나라에는 계수나무도 있고, 절구를 찧는 토끼들도 살고 있다고 하잖냐. 그거 전부 뻥이잖아. 뻥인 줄 알면서도 아름다우니까 진짜처럼 믿는 거지. 내가 달나라에 가서 근사한 주점 하나 차려놓을 테니까 너도 나중에 놀러 와라. 달빛에 거뭇거뭇한 게 보이면 내가 하는 주점일지도 모른다. 물론 너는 공짜다. 주점 이름은 '월(月)'이다. 아주 멋지지 않냐?"

"네, 멋지네요."

아저씨의 웃음이 조금 전보다 환해졌다.

"유진아, 하모니카로 〈클레멘타인〉을 불 때면 늘 네가 생각났다. 〈클레멘타인〉은 너하고 나를 이어주는 섬 같은 거였어. 아, 참…… 〈클레멘타인〉을 좋아했던 사람 또 있었지? 라라였든가? 리라였든가? 유진이 네 첫사랑 있었잖아?"

"라라요."

"그래 맞다. 라라……. 이름이 특이해서 지금도 기억나는구나."

"라라 미국으로 이민 갔어요. 오래전에요."

"그랬구나. 지금도 보고 싶냐?"

"가끔요."

"첫사랑이니까 가끔은 보고 싶을 테지."

아저씨는 환하게 웃었다.

"달순가, 달중인가 하는 네 친구는?"

"지금도 달수하고 제일 친해요. 빵집 하면서 잘살아요. 달수 만나면 가끔씩 아저씨 이야기도 하거든요."

"원래 불알 친구가 제일 좋은 거다. 뭔 지랄을 해도 허물이 없거든."

"아저씨, 밖에 나가서 술 한잔 하실래요?"

"안 된다. 술 먹다 걸리면 여기서 바로 쫓겨난다. 나, 여기서 모범생이거든."

"술 깨고 천천히 들어오시면 되잖아요."

"괜찮다. 술 마셔봐야 더 괴롭기만 하거든. 요 몇 개월 사이 꿈쩍도 하기 싫어졌어. 나중에 말이다, 달나라 월(月)에서 한잔 하자."

아저씨는 빙긋이 웃었다.

"유진아, 얼룩말의 무늬는 흰색일까, 검은색일까? 문득 그런 생각을 했는데 나도 잘 모르겠더라고……. 삶이 그런 거지 싶다."

아저씨 웃음 속에 체념이 담겨 있었다. 창밖은 어두웠다. 한여름 밤, 아저씨 눈 속에 함박눈이 내리고 있었다.

새벽녘, 원고를 쓰고 있는데 전화벨이 크게 울렸다.

"거기가 최유진 씨 댁 맞나요?"

굵직한 남자 목소리였다.
"네, 맞는데요. 어디시죠?"
"여기 파출소입니다. 혹시 최기영 씨라고 아시는지요?"
수화기 저편에서 들려오는 아버지 이름에 나는 소스라치게 놀랐다.
"최기영 씨가 제 아버지신데요. 무슨 일이시죠?"
"놀라실 것까진 없고요. 최기영 씨가 지금 술에 만취되어 차도 옆에 쓰러져 있습니다. 지갑 속에 주민등록증이 있어 성함은 알았고요. 연락처를 물었더니 이 번호를 말씀하셔서 연락드리게 됐습니다. 빨리 나오셔서 모셔 가야 할 것 같습니다. 술을 얼마나 드셨는지 아무리 깨워도 일어나질 못하세요."
"감사합니다. 바로 나가겠습니다."
택시를 타고 경찰관이 말해 준 장소로 급히 나갔다. 아버지는 차도 옆에 누워 있었고 과일 봉지를 빠져나온 참외들이 아버지 옆에 이리저리 흩어져 있었다. 아버지의 오른쪽 머리에 피가 응어리져 있었다.
"아버지…… 아버지……"
아무리 깨워도 아버지는 눈을 뜨지 않았다. 경찰관의 도움을 받아 아버지를 택시에 태웠다. 집에 도착해 신발을 벗기고 방에 눕힐 때까지 아버지는 가쁜 숨만 내쉴 뿐 깨어나지 않았다. 아버지 머리에 응어리진 피를 닦아내며 어머니는 안절부절못했다.

"병원에 안 가도 될지 모르겠다. 상처가 꽤 깊어……."

"피가 멎었으니까 괜찮을 거예요. 이만하기 다행이지요."

"얼마나 아팠을까……. 술 안 드시면 그렇게 점잖은 양반이 어쩌다 이렇게 됐는지 모르겠구나."

"술이 떡이 됐는데 머리가 부서진들 아프겠어요."

아버지가 측은한 생각은 들었지만 말은 불퉁스럽게 나왔다.

"아버지 너무 미워하지 마라. 병들어 이런 걸 어쩌겠냐. 지난번에 입원했을 때 의사도 그랬다. 알코올중독은 본인 의지로도 어쩔 수 없을 때가 많단다."

"알코올중독은 습관이 아니라 정신질환이래요. 병인 걸 어쩌겠어요."

"그래. 그렇게 생각하자. 평생토록 하는 일마다 되는 일이 없었으니 그 속이 오죽했겠냐. 유진이 너도 알겠지만, 너희 아버지 어릴 적에 엄마 일찍 여의고 두 번씩이나 새엄마가 바뀌었으니 그 상처도 이루 말할 수 없을 테고……. 험한 세월이 아버지를 이렇게 만든 거다."

어머니는 눈물을 닦으며 말했다.

25

눈물이 뺨을 타고 흐를 때

많은 작가들을 만났다. 써야 할 것과 쓰지 말아야 할 것들을 배우고 싶었다. 책으로 배우는 것과 무릎으로 배우는 것은 달랐다. 그들의 한 마디 한 마디가 뼛속까지 스며들었다. 글 쓰는 사람들은 내가 만난 사람들 중에 그래도 가장 인간적인 사람들이었다. 엄정함도 있었고 따스함도 있었다. 때론 이해할 수 없는 오만함도 있었다. 진실한 대가들은 손으로 글을 쓰지 않았다. 마음으로, 삶으로 글을 썼다. 이름만 큰 작가도 있었다. 자존심 상했지만 아파하진 않았다. 스스로 크다고 생각하는 나무는 해와 달과 별을 가슴에 품지 못한다.

파블로 네루다, 괴테, 에밀리 디킨슨, 베르톨트 브레히

트, 랭보, 밀란 쿤데라, 가브리엘 가르시아 마르케스, 움베르토 에코……. 눈물을 찍으며 내가 넘어야 할 산이었다. 때로는 한 치 앞이 보이지 않았다. 마음 아픈 날이면 일기장을 펼쳐 어머니에게 편지를 썼다.

어머니, 삶이 저를 위해 웃음을 보내오던 날, 저는 웃음의 기울기를 의심하지 않았습니다. 푸른 하늘 은하수, 종아릿살에 붉은 수숫대를 지나고 나서야, 독사 혀끝이 두 가닥으로 갈라져 있다는 것을 알았습니다. 어머니, 글쟁이는 글 속에 자신의 전 인격을 던질 수 있어야 하는데, 개 같은 삶의 이면도 헤아릴 수 있어야 하는데, 저는 백척간두에서 글을 쓰지 않았습니다. 저는 늘 평화가 있는 곳에서만 글을 썼습니다. 상식의 한계가 지금껏 제가 쓴 글이었고, 저는 아직도 허영을 가로지르지 못했습니다. 어머니, 저는 쓰레기입니다. 텅 빈 속을 감추고, 먹음직스러운 눈빛으로 사람들을 유혹했던 빛바랜 과자 봉지입니다. 가면과 사람이 멀지 않은 쓰레기 같은 이 세상에서 저도 한낱 쓰레기였습니다. 어머니……. 쓰레기도 쓰레기의 친구가 될 수 있는지요. 쓰레기도 쓰레기를 위로할 수 있는지요. 밤 열차는 칸칸마다 노란 불빛을 켜고 지나가는데, 잠든 세상은 왜 이리 아름다운지요.

어머니에게 편지를 쓰면, 어머니는 눈물이 되어 흐르셨다.

아내와 함께 시장에 갔다. 꽃게가 종이 상자 속에서 나무 톱밥을 가득 뒤집어쓰고 있었다. 꽃게는 푸른 바다를 뛰어놀다 몸이 꽁꽁 묶여버렸다. 어둠 속을 뒤엉키며 밤새 실려 온 곳은 질척이는 시장 바닥이었다. 집게발로 물어뜯어 서로의 다리를 자르지 말라고, 죽음의 공포로 발버둥치며 가득히 오른 하얀 속살을 빠지게 해서는 안 된다고, 사람들은 상자 가득 톱밥을 부어주었다. 꽃게는 톱밥 틈에 끼어 옴짝달싹 못했다. 희극적으로 생긴 두 눈을 일자로 세워보지만, 보이는 건 돈을 주고받는 사람들의 모습 뿐이었다. 제 몸뚱이 빨갛게 익혀 꽃처럼 식탁에 오를 시간을 꽃게는 볼 수 없었다.

꽃게를 꽁꽁 묶은 건 꽃게의 욕망이었다. 나를 꽁꽁 묶은 건 나였다. 돌이켜 생각해 보면 나의 청춘은 늘 위태로웠다. 나의 청춘은 늘 경이로웠다. 청춘은 캄캄한 빛이었고 환한 어둠이었다. 청춘은 갔고, 이제 내 안엔 솟구치는 낱말이 없다. 눈물의 골짜기를 지나자 청춘이 끝났다. 시간의 이빨은 튼튼했다. 체념이 아름다운 나이가 되었다. 파랑 같은 세월이 그리웠다. 내 가슴에 저항을 남기고 간 어둠의 발자국이 그리웠다.

좋은 글을 쓰고 싶었다. 좋은 글을 써서 지붕 낮은 집 유리창마다 개나리꽃 같은 등불을 매달아주고 싶었다.

아저씨가 살고 있는 '민들레 소망원'은 노숙자들이 많이 드나드는 곳이었다. 선한 사람들도 있었지만 난폭한 사람들도 있었다. 텃세를 부리는 사람들도 있었다. 배식대 앞에서 차례 때문에 실랑이를 벌이다 드잡이까지 벌이는 곳이었다. 큰 싸움이 나면 칼까지 휘두르는 사람도 있었다. 앞 못 보는 아저씨를 무시하는 사람들이 많았다. 흰머리가 성성한 아저씨에게 반말을 하고 욕지거리까지 퍼붓는 젊은 사람들도 있었다. 아저씨가 밥을 먹을 때도, 빨래를 할 때도, 심지어는 화장실 갈 때도, 천덕꾸러기 대하듯 아저씨를 대하는 사람들도 있었다. 아저씨가 말할 때면 말허리를 자르고 올똑볼똑 성을 내는 노인들도 있었다. 아저씨는 '민들레 소망원'의 왕따였다. 동네북이었다. 앞을 보지 못한다는 이유로 아저씨는 왕따가 되었다. 그런 아저씨를 바라보고만 있을 수 없었다. 어떻게든 아저씨를 그곳에서 벗어나게 하고 싶었다. 도둑놈 개 꾸짖듯 속으로만 그들을 나무랐던 내가 부끄러웠다.

"아저씨, 여기서 지내시기 많이 불편하시죠?"

"그렇지, 뭐……. 할 수 있냐. 그런 곳인 줄 알고 들어왔는 걸 어쩌겠냐? 다 내 팔자다."

"아저씨 계실 곳 제가 마련해 볼게요. 주방 딸린 방 한 칸만 얻으면 여기보다는 훨씬 나으실 거예요. 보증금하고 월세는 제가 마련할 수 있으니까 걱정하지 마세요."

"그렇지 않아도 너한테 죄 지은 것 같은데 무슨 염치로 방까지 얻어달라고 하겠냐. 마음만으로도 고맙다. 불편한 대로 그냥저냥 예서 살면 된다."
"아저씨, 아니에요. 여기 오래 계시면 상처 받으세요. 나중엔 감당하시기 힘드실 거예요. 제가 방 알아볼게요."
아저씨는 어름어름 머뭇거렸다. 아저씨가 어렵사리 입을 열었다.
"유진아, 그러면 처음 몇 달만 도와줄 수 있겠니? 이곳 생활이 참 힘들구나."
"아저씨, 걱정 마세요. 방은 금세 얻을 수 있어요."
"고맙다. 여기는 말이다. 원장 수녀님도 좋고, 간사님들도 좋고 다 좋은데, 들락날락거리는 사람들 중에 눈치 주는 사람들이 너무 많구나. 나이 먹어 젊은 놈들한테 욕 듣는 것도 심정 사납고 말이야. 명동 쪽으로 가서 껌이라도 팔면 밥은 끓여 먹을 수 있거든. 차차 형편 나아지는 대로 방세도 내가 마련할 수 있을 테고. 처음 몇 달만 신세 지면 될 거야. 미안하다, 유진아."
"아니에요, 아저씨. 진작 이랬어야 했는데 늦어서 죄송해요."
"고맙다. 유진아……."
감아도 감기지 않는 아저씨 눈에 눈물이 고여 있었다.

슬퍼하는 아저씨를 위로하고 싶어, 장난스럽게 말을 건넸다.

"아저씨, 저 요즘 걱정 많아요."

"걱정 마라. 걱정 없는 사람은 없으니까. 세상살이는 누구에게나 살얼음판 같은 거다. 얼음이 언제 깨질지 모르거든……."

"소설 쓰는 일도 어렵지만, 인간관계가 더 어려운 것 같아요."

"그럴 테지. 사람은 다른 사람을 의식하며 살아갈 수밖에 없으니까. 다른 사람들이 우리를 인정할 때, 우리는 스스로를 인정할 수 있으니까……. 재능이 아무리 뛰어나도 다른 사람이 인정하지 않으면 소용없거든. 다른 사람의 눈을 통해 자신의 가치를 알게 된다는 건 마음 아픈 일이지만, 요즘 같은 세상에선 어쩔 수 없는 일이다. 다른 사람의 말들 중엔 귀담아들어야 할 것도 있으니까, 비위 사나워도 어쩔 수 없는 노릇이지."

"아저씨, 인간관계에서 제일 중요한 게 뭘까요?"

"글쎄다……. 사람과의 만남이라는 게 신발 속으로 들어온 돌멩이 같아서 그냥저냥 견디며 걸어야 할 때도 있지만, 걸음을 멈추고 신발을 벗어야 할 때도 있거든……. 무엇보다도, 모든 사람들에게 좋은 사람이 되겠다는 생각을 갖지 않았으면 좋겠다. 그건 욕심이고, 그래봐야 자기만 힘들거든……. 친구가 너무 많은 사람은 친구가 없는 거다. 음식점 이름을 '모과나무집'이라고 짓는 방법에는 두 가지가 있다. 모과나무가 있던 곳에 음식점을 차리고 '모과나무집'이라고 이름 붙이는 방법이 있고, 음식점을 차린 뒤에 모과나무를 심고 나서 '모과나무집'이라고 이름 붙이는 방법도 있다. 같은 조건이라면 어느 집이 장사가 잘되겠냐?"

"예전부터 모과나무가 있던 집이 더 잘될 것 같은데요. 모과나무의 나이가 음식점의 나이도 될 수 있으니까요."

"내 생각도 그렇다. 평소엔 연락 한 번 없다가 자기 필요할 때만 연락하는 사람들도 있잖냐. 음식점 차린 뒤에 모과나무 심고 나서 '모과나무집' 이라고 이름 짓는 사람들하고 비슷한 사람들이겠지. 그런 사람들이 생각보다 많다. 나도 그들과 비슷한 모습으로 살아가고 있지만 말이다."

아저씨는 마른침을 삼키더니 잠시 뒤 말을 이었다.

"유진아, 다른 사람들이 하는 말을 너무 많이 귀에 담지는 마라. 자기 색깔을 잃어버릴 수도 있으니까……. 나도 잘은 모르지만, 예술이란 것이 삶을 단순화시키는 작업인데, 넘어지고 부서지는 미궁 속을 혼자 헤매고 나서야 단순함의 갈피를 잡을 수 있거든. 그래서 '그냥 단순함'과 '미궁을 지나온 단순함'은 본질적으로 다른 거다. 피카소의 추상화를 보고 아이들은 자기도 그렇게 그릴 수 있다고 큰소리 치지만, 그게 쉽지 않은 거다. 피카소 그림의 단순함은

'미궁을 지나온 단순함'이니까 쉽게 흉내 낼 수 없는 거지……. 유진이, 너도 생각이나 글을 단순화시키는 힘을 길러라."

"네……."

나는 긍정의 눈빛을 건네며 고개를 끄덕였다.

"아저씨, 다른 사람이 잘되면 가끔씩 마음이 아픈 건 왜일까요?"

뜬금없는 물음이었지만 문득, 아저씨의 생각을 듣고 싶었다.

"다른 사람 잘되면 마음 아프냐?"

"좋을 때도 있는데, 마음 아플 때도 있어요."

"그건 나도 그렇다. 어쩌면 당연한 일이다. 유진이, 너, 황태 알지?"

"먹는 황태요?"

"응……. 해장국 끓이면 맛있는 거 있잖냐."

"알아요. 진부령같이 눈 많이 내리는 곳에서, 눈비 맞히며 겨울 내내 명태 말리면 황태 되는 거잖아요."

"맞다. 황태가 동태보다 훨씬 비싼 것도 알고 있지?"

"네."

"생각해 봐라. 황태가 비싼 값으로 거래되면서 귀한 대접 받을 때, 동태는 얼마나 속상하겠냐. 황태든, 동태든, 똑같은 명태로 만든 건데……. 주변 사람이 성공했을 때 마음이 아픈 건 같은 이유일 거다. 동태가 황태 때문에 마음 아픈 것처럼 말이다. 다른 사람은 성공해서 귀한 대접 받는데 자기만 제자리걸음 하고 있다고 생각하면 마음 아픈 게 당연한 거지……."

빙긋이 웃고 있었지만 아저씨 얼굴에 아픔 같은 것이 지나가고 있었다.

"유진아, 앞서 말한 거하고 같은 비유겠지만, 철창 속에 갇혀 있는 동물원 원숭이들이 그 나름대로 평화롭게 살아갈 수 있는 이유가 뭔지 아니? 그건, 숲속에서 자유롭게 바나나를 따 먹는 원숭이들이 자기들 눈앞에 보이지 않기 때문이다. 사람들이 성공에 조바심을 느끼는 것도 자신보다 부유하고 행복해 보이는 사람들이 자꾸만 눈앞에 보이기 때문이거든……."

아저씨는 깊은 숨을 쉬며 말했다.

"생활은 예전보다 풍요로워졌는데, 사람들 마음은 더 각박해졌어요. 사람들 눈빛도 예전 같지 않구요……."

"잘사는 사람들은 더 잘살고, 못사는 사람들은 갈수록 찢어지는데, 풍요로워졌다고 할 수도 없는 일이지. 상대적 빈곤감은 날이 갈수록 커지고 있으니까……. 너나 할 것 없이 모두 대가리 박고 이 시대를 반성해야 한다. 거울은 이쪽을 보는 거고, 유리는 저쪽을 보는 거라고, 멕시코의 민족해방군 지도자 마르코스가 말했다. 그런데 그 반대로 생각해도 틀리지 않다. 거울을 바라보면서 자신을 돌아보고, 가야 할 곳을 정해야 하니까, 거울은 저쪽을 보는 거다. 유리를 바라보면, 줏대 없이 이랬다저랬다 하는 희미한 우리들 모습이 보이니까 유리는 이쪽을 보는 거고……. 희미하지만, 유리를 통해서도 우리들 모습은 보이니까……. 여하튼, 사람 사는 게 점점 더 힘들어지는 것 같구나. 요즘 같아선 당최 살맛이 안 나……."
나는 말없이 고개를 끄덕였다. 아저씨의 비유는 논리보다 선명하고 설득력이 있었다. 하지만 아저씨의 눈빛은 여전히…… 슬퍼 보였다.

다음 날 지하철을 타고 회현동으로 갔다. 회현동에 방을 얻는 게 좋을 것 같았다. 회현동 쪽방촌에 살았던 아저씨가 회현동 지리에 익숙할 거란 생각이 들었다. 아저씨가 일하는 명동과도 가까운 거리였다.
오래전 아저씨가 살았던 쪽방촌은 모두 허물어지고 없었다. 언덕길에 있는 복덕방에 들러 주방 딸린 사글세 방 하나를 얻었다. 넓지도 좁지도 않은 방이었지만 조그만 마루까지 있는 방이었다. 주인집에는 칠십을 훌쩍 넘긴 할머니가 혼자 살고 있었다. 보증금을 치르고 곧바로 '민들레 소망원'으로 갔다. 하루라도 빨리 그곳에서 아저씨를 데려 나오고 싶었다. 아저씨의 살림 보따리를 들고 회현동 집으로 가는 길, 아저씨는 내내 아무 말이 없었다. 그후로도 아저씨 집에 여러 번 갔다. 아저씨는 시간이 지날수록 절망하고 있었다. 껌 파는 일도 쉽지 않다고 아저씨가 말했다. 텃새 때문에 발붙일 곳이 없다고 아저씨는 속상해했다. 가난한 사람들끼리 콩 한 쪽 놓고 싸우고 있다고 아저씨는 한숨을 내쉬었다. 내가 갈 때마다 아저씨는 안주도 없이 소주를 마시고 있었다. 아저씨가 몹시 불안해 보였다. 가을이 지나고, 겨울이 지나도, 아저씨의 불안은 계속되었다. 아저씨의 불안은 시간이 지날수록 깊어졌다. 아무리 위로해도 소용없는 일이었다.

날이 꾸물꾸물했다. 분홍빛 치마를 활짝 펴고 분꽃이 꽃대 위에 거꾸로 서 있었다. 이런저런 바쁜 일을 핑계 삼아 한 달이 넘도록 아저씨에게 가지 못했다. 죄스러운 마음이 들어 어스름 저녁 집을 나섰다. 지하철을 타고 회현동으로 갔다. 낮은 언덕을 올라 아저씨 집에 도착했다. 대문이 열려 있었다.

아저씨 방엔 불이 꺼져 있었다. 아저씨가 금세라도 들어올 것 같았다. 늦더라도 아저씨를 만나고 싶었다. 방문 앞 마루에 음식물 쓰레기통이 있었고, 생선 썩은 냄새가 코를 찔렀다. 문득 방문을 열어야겠다고 생각했다. 하지만 방문은 굳게 잠겨 있었다. 손잡이를 돌리며 여러 번 당겨보아도 방문은 열리지 않았다.

순간 무서운 침묵이 흘렀다. 방문을 힘껏 밀자, 악취가 방 안에서 새어 나왔다. 가슴이 뛰기 시작했다. 마루 밑으로 내려와 신발을 신고 다시 올라갔다. 발로 차서 방문을 부셨다. 안은 캄캄했다. 시간이 조금 흐르자 방 안이 희미하게 보이기 시작했다. 아무렇게나 부려진 짐승처럼 아저씨가 방 한쪽에 누워 있었다. 눈을 감은 아저씨 얼굴은 푸른빛이었다. 방바닥 여기저기에 약병과 술병이 아무렇게나 흩어져 있었다. 더 이상 다가갈 수 없었다. 나는 방문을 빠져나와 언덕을 뛰어내려오며 미친 듯이 소리쳤다. 난 내가 아니었다.

아저씨를 잘 알고 있었다고 생각했지만, 죽음에 대한 불길한 전조를 한 치도 읽어낼 수 없었다. 아무도 오지 않는 허름한 영안실에서 사진 속 아저씨는 웃고 있었다. 가난하고 비루했던 삶의 고통 속에서도 긍정적인 마음을 잃지 않았던 아저씨였다. 〈클레멘타인〉을 연주하는 아저씨의 하모니카 소리가 들려오는 것 같았다. 힘들 때마다 내 손을 잡아주었던 아저씨가 생각났다. 눈물이 뺨을 타고 흘러내렸다.

아저씨를 바다에 뿌리고 돌아오던 날, 난 어두운 방에 누워 하모니카를 불었다. 그 누구도 알려주지 않은, 삶과 존재의 무한(無限)을 알려주고 아저씨는 내 곁을 떠났다. 앞을 볼 수 없는 사람만이 쏟아낼 수 있는 무수한 언외지의를 내 가슴에 남겨주고 아저씨는 떠나갔다. 아저씨에게 나는 죄인이었다.

26

한낮에도 반짝이는 별빛

나는 하나님을 믿는다. 나의 순종은 나무들의 순종보다 불온하다. 나무들은 흙신발 한 켤레 꽃신 삼아 평생을 한 자리에 서서 기도하는데, 나는 천사와 악마를 오가면서도 복에 복을 더해 달라고 기도한다. 나를 하나님의 자녀라고 말했다. 성경을 통해 하나님 말씀을 매일매일 받아먹는다고 말했다. 나의 입은 예수를 말하는데 나의 모습 속엔 예수가 없었다. 예수는 가장 낮은 곳에 엎드려 피가 터지도록 채찍을 맞았는데, 나는 높은 곳에 누워 달빛처럼 교교했다. 예수는 세상과 대결하고 당당히 버림받았는데, 세상 같은 건 부질없다고 나는 말했다. 세상에 빠지지 않게 해달라고 나는 기도했다. 내 기도 속에는 빛과 어둠이 맹수처럼 다투고 있었다. 질투의 축제가 멈추지 않았다. 빌라도의 병정들이 보기에 예수는 미친 사람이었다. 예수는 믿었던 제자들에게 배신당했고, 세상에 버림받았다. 적보다 무서운 건 아군을 가장한 적이었다. 예수를 팔아먹은 유다가 어쩌면 나일지도 몰랐다. 예수 손바닥에 대못을 박은 빌라도의 병정이 어쩌면 나일지도 몰랐다. 폐허를 인정하지 않는 표리부동의 바리새인이 바로 나일지도 몰랐다. 하지만 절망하지 않았다. 하나님이 계셨기에 나는 절망하지 않았다.

일주일에 한 번씩 신문 연재를 시작했다. 잡지 두 곳에 그림 에세이 연재를 시작했다. 글 쓰고 그림까지 그리는 것이 고된 일이긴 했지만 재밌었다. 글로 표현할 수 없는 건 그림으로 표현할 수 있었고, 그림으로 표현할 수 없는 건 글로 표현할 수 있었다.
늦은 밤, 음악을 들으며 그림을 그렸다. 컴퓨터 모니터에서 짧은 알람 소리가 들렸다. 메일이 도착했다는 메시지가 떴다. 그림을 멈추고 편지함을 열었다. '혹시 제가 아는 분 아니신지요?'라는 메일 제목이 떠 있었다. 스팸메일일 거라 생각했지만, 속아주자 생각하며 제목을 클릭했다.

실례를 무릅쓰고 메일 드립니다. 오래전에 제가 알던 분하고 이름이 같으시네요. 책에 실린 얼굴도 낯이 익고요. 어릴 적, 그분하고 저는 서울 길음동에 살았습니다. 같은 교회도 다녔지요. 대학 시절에는 함께 자전거를 탄 기억도 납니다. 저의 집 창가에 향기로운 로즈마리 화분을 갖다 놓았던 분, 제가 아는 그분이면 좋겠습니다. 그분은 소설가가 되는 게 꿈이었거든요.

쉴 새 없이 가슴이 두근거렸다. 미국으로 이민 간 라라에게서 메일이 올 거라고는 단 한 번도 생각해 본 적이 없었다. 읽고 다시 읽어도 라라가 틀림없었다. 고동치는 마음이 좀처럼 가라앉지 않았다.
존댓말은 어색했지만, 그 어색함이 오히려 자연스러웠다. 고민 끝에 라라에게 답장을 보냈다.

메일 받고 많이 놀랐습니다. 예전에는 이름을 부르는 사이였는데, 세월이 흘러 존댓말이 어색하지 않네요. 어릴 적 당신의 집 앞을 지날 때면 늘 〈클레멘타인〉을 연주하는 풍금 소리가 들렸습니다. 시간이 많이 지났지만, 지금도 간간히 그 소리가 그립습니다.

온종일 아무 일도 할 수 없었다. 라라는 어디 살고 있을까. 미국에 살고 있을까, 한국에 살고 있을까. 내가 두 아이의 아빠가 된 것처럼 라라도 엄마가 되었을까. 라라의 눈가에도 주름이 생겼을까. 라라는 지금도 가끔씩 〈클레멘타인〉을 연주할까.

저녁 무렵, 라라의 메일을 받았다.

  아, 맞군요. 옛 친구를 다시 만나 기쁩니다. 소설가의 꿈을 이룬 것 같아 좋았습니다. 나는 지금 서울에 살고 있습니다. 아들 하나 딸 하나를 둔 엄마가 되었지요. 오래전부터 번역 일을 하고 있습니다. 〈클레멘타인〉을 연주할 때면 지금도 가끔 눈물이 납니다. 어린 시절의 손때 묻은 풍금은 이제 없지만요.

그녀의 말에 눈물이 핑 돌았다. 바람도 파도도 없이 라라의 얼굴이 꿈결처럼 가물거렸다. 가족들이 잠든 늦은 밤, 지난 추억을 되새기며 다시 메일을 썼다. 죄를 짓는 것 같았지만 추억을 돌이키고 싶은 마음은 어쩔 수 없었다.

  요즘은 소설 쓰는 일이 녹록치 않아 마음고생 많이 하고 있습니다. 선하고 아름다운 것들에만 경도되었던 적이 있었습니다. 생각을 바꿔야 했습니다. 선한 것도 인간의 삶이지만, 악한 것도 인간의 삶이기 때문입니다. 아름다운 것들은 아름답지 않은 것들을 통해 자신의 존재를 증명하고, 무한한 것들은 유한한 것들을 통해 자신의 존재를 증명합니다. 환상은 실재를 통해 자신의 존재를 증명하고, 선한 것들은 악한 것들을 통해 자신의 존재를 증명합니다. 자신의 모습을 글로 쓴다는 건 언제나 불편한 일이지만, 차라리 선과 악의 중심에 있는 나와 같은 인간의 모습을 쓰고 싶었습니다. 인간에 대한 연민을 통해, 인간을 더 많이 이해하고, 인간의 더 나은 길을 모색하는 것이, 인간의 옳고 그름을 말하는 것보다 현명하다고, 나는 생각합니다. 인간의 이중성에 대한 비판보다는 인간의 이중성에 대한 연민과 긍정이 인간을 더 많이 위로할 수 있다고, 나는 생각합니다. 어찌 지내는지요? 지금도 예전처럼 책을 많이 읽겠죠? 우리가 다시 만났을 때, 존댓말을 써야 한다고 생각하니 슬며시 웃음이 나오기도 합니다.

  메일을 보내고 나서도, 나는 계속 메일을 썼다. 천장을 보고 메일을 썼고, 달빛 환한 숲속에도 메일을 썼다. 새벽을 향해 가는 시곗바늘 위에도 메일을 썼다. 눈을 감아도 잠이 오지 않았다. 소쩍새 우는 소리가 슬프게 들려왔다. 갈피를 잡을 수 없어 이불 속에서 밤새 궁싯거렸다.
  열 번도 넘게 메일함을 열었다. 하루를 꼬박 기다렸지만 라라의 메일은 오지 않았다. 온종일 울적했다. 아내가 묻는 말에도 시큰둥했고, 딸아이 재롱에도 웃음이 나오지 않았다. 그런 내가 싫었다. 모두 지난 일이라고 내게 말해 주었다. 억지로 노래를 불렀지만, 노래는 노래가 되지 않았다. 나는 집착하고 있었다.

시간이 지날수록 라라를 더 만나고 싶었다. 사람에게는 지나간 일이 될 수 없는 일이 누구나 하나쯤은 있을지도 몰랐다. 집착은 집착을 지우며 다시 집착을 시작한다. 라라를 만나보고 싶다는 생각이 머릿속에 꽉 차오르는 새벽녘, 라라에게 다시 메일을 썼다.

오랜 시간 동안 소설과 시를 닥치는 대로 읽었습니다. 읽지 않으면 죄를 짓는 것 같았습니다. 책을 읽는 것은 내 안의 열등감을 이기는 방법이었습니다. 글 쓰는 일은 내 존재의 증명이자 하나님과의 대화이며, 세상과 소통하는 방식입니다.

인간과 삶에 대한 섬세한 통찰력을 갖고 싶었습니다. 사물의 본성을 읽어내는 탈시간적, 우주적 상상력을 갖고 싶었습니다. 수건으로 머리 동인 할머니가 시장 좌판에 앉아 바지락을 까는 노동만큼, 로프에 몸을 묶고 63빌딩의 유리창을 닦는 사내의 아슬아슬함만큼 나의 여정도 눈물겨운 것인지는 모르겠지만, 더듬어가는 이 길이 틀린 길이 아니었으면 좋겠습니다. 서둘지 않고 있습니다. 먼 길을 가야 하니까요. 다 못 간다 해도 그만입니다. 꿈은 씨앗과 꽃의 문제가 아닙니다. 꿈은 흙과, 햇볕과, 비와 바람과, 나비와 벌의 총체성의 문제입니다.

푸르른 시절, 바람이 불어도 내가 쓰러지지 않았던 건, 당신이 있었기 때문입니다. 멀리서라도 당신을 볼 수 있었기 때문입니다. 만나고 싶습니다. 한 번만이라도 만나고 싶습니다. 연락처 알려주세요.

아버지의 술병이 다시 시작됐다. 아버지는 20일이 넘도록 술을 마시고 있었다. 이번엔 누구의 말도 들으려 하지 않았다. 어떤 날은 방문까지 걸어 잠그고 술을 마셨다. 아버지에게 술을 사다 주며 병원에 가자고 여러 번 설득했지만 소용없는 일이었다.

"죽으면 죽었지 병원은 안 간다. 거긴 지옥이다. 말이 병원이지 개돼지처럼 가둬놓고 때 되면 개죽 같은 밥이나 주고 약이나 주는 곳을 또 들어가라고? 환자들이 목매달아 죽을까 봐 수건도 반쪽으로 잘라놓는 곳에 너 같으면 들어가고 싶겠냐? 병원은 절대로 안 간다."

미간을 찌푸리며 아버지는 단호하게 말했다.

"병원 가시기 싫으시면 술 안 드시면 되잖아요."

아버지가 나를 노려보았다.

"지난번처럼 알코올성 간염 걸리시면 어쩌려고 그러세요. 심하면 급성 간경화로 진행될 수도 있대요."

"오늘까지만 마실 거니까 걱정 마라."

"오늘만 오늘만 하시면서 벌써 며칠쨴 줄 아세요?"
"잔소리 듣고 싶지 않으니까 나가라."
"이러지 마세요, 아버지……."
"나가, 인마! 당장 나가!"
"소리 지르지 마세요! 가족들이 이러지 않았으면 아버지 벌써 돌아가셨어요."
치미는 마음에 나도 모르게 목소리를 높였다.
"죽어도 내가 죽는 거니까 네놈이 상관할 일 아냐. 나가, 새꺄!"
"차라리 아무도 없는 곳에 가서 술 드세요. 가족들 마음고생 시키지 마시고요."
"이 새꺄, 여긴 내 집이야. 내 집에서 내가 술 마시는데, 네깐 놈이 왜 난리야?"
아버지는 송곳 같은 눈빛으로 죽일 듯 나를 쏘아보았다. 나는 기막히다는 표정을 지으며 방을 나와버렸다. 방문 밖에 있던 어머니가 작은방으로 나를 데려갔다.
"차라리 아버지가 없었으면 좋겠어요. 저렇게 살아서 뭐해요. 벌레들도 저렇게 살진 않잖아요."
목울대까지 치밀어 오르는 분을 삭이며 나는 막말을 했다. 어머니는 울고 있었다. 어머니를 달래고 밤늦은 시간 집으로 돌아왔다.
다음 날도, 그다음 날도, 아버지는 술을 마셨다. 병원에 가자고 거듭 설득해 보았지만 아버지는 꿈쩍도 하지 않았다. 시간이 지날수록 아버지 모습은 처참해졌다. 툭툭 불거진 뼈가 러닝셔츠 위로 확연히 드러났다. 병원의 도움을 받아 아버지를 강제로 입원시키는 방법이 있었다. 어머니가 병원으로 직접 전화를 걸었다. 어머니와 나는 집 밖에서 병원차를 기다렸다. 비가 내리고 있었다.

"좀 있으면 난리 날 텐데 동네 시끄러워서 어쩌냐?"

어머니 목소리가 떨리고 있었지만 나는 아무런 대꾸도 하지 않았다. 전화를 건 지 30분도 되지 않아 병원차가 도착했다. 다부진 체격을 가진 청년 두 명이 차에서 내렸다. 가죽 장갑을 낀 한 청년의 손에 밧줄 같은 것이 들려져 있었다.

"부탁드립니다. 너무 강압적으로 하지 마세요. 살살 달래면 말 들을 거예요."

어머니는 청년들을 향해 더듬더듬 말했다. 청년들은 듣는 둥 마는 둥 하고 아버지가 있는 방으로 들어갔다. 어머니와 나는 마음을 조이며 대문 밖에 서 있었다. 잠시 후 집 안에서 아버지의 고함 소리가 들렸다. 어머니는 몸을 바들바들 떨고 있었다.

"유진아, 아무래도 괜한 짓을 한 것 같다. 저걸 어쩌냐……."

"할 수 없잖아요. 죽는 것보단 낫지요."

바로 그때, 아버지의 날카로운 고함 소리가 다시 들리더니 대문이 거칠게 열렸다. 아버지는 청년들의 손을 뿌리치고 혼자 걸어 나왔다. 아버지는 울고 있는 어머니 앞에 서더니, 어머니 어깨 위에 손을 잠시 얹고는 병원차가 있는 쪽으로 비틀비틀 걸어갔다. 아버지를 따라 나도 함께 병원차에 올랐다. 아버지 얼굴은 조금 전보다 평화로웠고, 차 위로 떨어지는 빗방울 소리가 아늑하게 들려왔다. 병원으로 가는 내내 창문 밖 풍경이 눈에 글썽거렸다. 아버지는 미안하다는 짧은 말을 내게 남기고 폐쇄 병동 안으로 들어갔다. 내 얼굴을 타고 눈물이 흘러내렸다.

27

사랑에는 지도가 없다

어릴 적, 소풍 전날 밤이면 마당으로 나가 밤하늘을 바라보았다. 소풍 전날 별빛이 총총하면 소풍날 비가 오지 않았다. 라라는 명동에서 만나자는 메일을 보내왔다.

그녀를 만나기 전날 밤은 어릴 적 소풍 전날 밤 같았다. 어떻게 변했을까 궁금했다. 내 얼굴에 세월이 지나간 것처럼 라라 얼굴에도 세월이 지나갔을 것이었다. 만나기로 한 시간보다 삼십 분 전에 약속 장소에 도착했다. 시간이 흐를수록 나는 점점 더 초조해졌다.

그녀는 시간 맞춰 도착했다. 오랜만에 만난 그녀의 얼굴은 평화로워 보였다. 우리는 어색하게 존댓말로 인사를 나누었다.

"얼마 만이지요?"
내가 먼저 라라에게 물었다.
"십오 년쯤 된 것 같네요."
"어릴 적 친구라서 존댓말하면 어색할 것 같았거든요. 생각보다 많이 어색하진 않네요. 그렇죠?"
"네."
라라는 환하게 웃었다.
"교회에서 여름 수련회 갔던 것도 기억해요? 내설악이었는데."
"맞아요. 그때도 비가 왔었죠."
"참 오래전 일인데 지금도 생생하네요……."
"수련회 마지막 날 보았던 별빛도 기억나고, 밤하늘을 날아오르던 반딧불이도 기억나요."
웃고 있는 라라 얼굴에도 추억이 지나가고 있었다. 차를 마시며 많은 이야기를 나누었다. 시간은 시간보다 빨리 흘러가고 있었다.
"이제 그만 가봐야겠어요. 시간이 많이 지났네요."
"혜화동이면 집에 가는 길이거든요. 같이 가다가 먼저 내리면 될 것 같은데요."
라라는 고개를 끄덕였다. 택시는 쉽게 잡히지 않았다. 차도로 몇 발자국 나가 겨우 잡은 택시 안에서 우리는 아무 말도 하지 않았다. 나는 혜화동에서 그녀를 따라 내렸다.

"여기서 멀어요?"

"아니요. 저기 보이는 저 아파트예요."

라라는 가까이 보이는 아파트를 손으로 가리켰다. 아파트 불빛이 눈부시게 환했다. 라라가 남편과 아이들과 함께 사는 집이었다. 무슨 말이라도 하고 싶었다.

"왼팔이 왼팔인 건 인간의 약속일 뿐입니다. 왼팔을 오른팔이라 해도 틀리지 않고요. 오른팔을 왼팔이라 해도 틀리지 않습니다. 팔을 팔이라 하지 않아도 틀리는 건 아닙니다. 신호등 빨간불 앞에서 왜 멈추어야 하는지를 묻는다면, 질서와 생명을 지키는 약속이니까, 라는 말밖에는 할 말이 없습니다. 빨간불에도 당당히 걸어가는 사람들도 있거든요. 옳은 건 아니지만요……."

라라는 아무 말도 하지 않았다. 몇 발자국 따라가다 걸음을 멈췄다. 더 이상 따라가지 말아야 했다.

사랑에 관한 수많은 정의가 있지만, 알 수 없는 게 사랑이다. 뻔한 게 사랑이지만 사람들은 뻔한 사랑에 목숨까지도 건다. 사랑에는 지도가 없다. 사랑이 시작되면 이성은 차단되고, 사랑은 오직 사랑만을 궁구한다. 사랑은 경계를 지우며 앞으로 나아간다. 사랑의 끝을 향해 끝까지 나아간다. 나침반의 운명은 언제나 북쪽이다.

집으로 돌아와 라라에게 메일을 썼다.

집으로 오는 길, 문득 선녀와 나무꾼 이야기가 생각났습니다. 당신은 선녀이고 내가 나무꾼이라면 나는 어찌했을까 생각해 보았습니다. 당신이 선녀이고 내가 나무꾼이었다면, 나는 선녀가 도망칠 수 없도록 날개옷을 없애버렸을 것입니다. 짝사랑은 언제나 위태로우니까요. 고백하건대, 내가 시간을 버렸을 때도, 시간이 나를 버렸을 때도, 당신은 늘 나와 함께 있었습니다.

비가 내린 뒤였다. 분홍빛 금낭화 피어 있는 숲속으로 갔다. 풀잎에 맺힌 물방울들이 아름다웠다. 동그란 물방울 속에 분홍빛 꽃송이들이 오도카니 들어앉아 있었다. 그 아름다움을 글로 쓰고 싶었지만 끝끝내 쓸 수 없었다. 나의 한계일 수도 있겠지만 언어의 한계였는지도 모른다.
저녁 무렵 메일을 열었다. 라라에게서 메일이 와 있었다.

아무것도 아니면서 전부인 게 남녀 간의 사랑인 것 같습니다. 그리움으로 죽을 것만 같은 사랑도, 함께 부대끼다 보면, 조금씩 멀어질 수 있는 것처럼요. 시간이 지날수록 사랑은 멀어지지만, 시간이 지날수록 사람은 깊어지기도 해서, 부부는 일평생을 함께 살 수 있는 건지도 모르겠습니다.
사랑에 대한 환상은 환상일 뿐이지만, 사랑은 여전히 아름다운 거라고 생각합니다. 이성(理性)은 이성(異性)을 이끌고 가는 힘이 있으니까요. 나무꾼은 선녀를 짝사랑했는지도 모릅니다. 선녀가 결국은 떠났으니까요. 하지만 모든 사랑은 짝사랑인지도 모릅니다. 지금의 내 마음도 그런 것 같습니다. 사람이나 사물을 바라볼 때는 조금쯤 옆으로 비껴서 봐야 한다고 세월이 가르쳐주었습니다. 태양을 바라보면 태양이 보이지 않으니까요. 그런데 그게 쉽지 않습니다. 관념은 관념일 뿐, 가슴을 이길 수 없는 까닭이겠지요. 사랑을 이길 수 없는 까닭이겠지요.

저녁부터 내리던 비는 어느새 굵기를 더해 가고 있었다. 새벽녘 창 너머로 그녀가 떠올라 무언가 한마디를 건네고 싶었다.

어떤 경우에도 당신이 아파하지 않았으면 좋겠습니다. 당신에 대한 나의 사랑은, 한 세월이 다른 세월에게 가서 겸손히 눈물짓는 그런 사랑이었으면 좋겠습니다. 멈출 듯 멈추지 않는 시간의 꽃이었으면 좋겠습니다. 당신과 나 사이에 놓인 심연을 나는 알고 있습니다. 무거운 집을 등 위에 이고 가는 달팽이가 어찌하여 인간의 은유가 될 수 있는지 나는 알고 있습니다. 마음 아파하지 마세요. 침묵이 침묵으로 말하려 할 때, 어떤 말도 침묵을 이길 수 없으니까요. 노래는 노래 안에도 있고, 노래 바깥에도 있습니다.

마음은 여전히 답답했다. 라라와 나는 무거운 집을 등 위에 이고 가는 달팽이였다.

삶이 자기 안의 진실을 발견해 가는 과정이라면, 그 과정은 자신이 주체이며 자신이 대상일 것이다. 끝끝내 진실을 발견할 수 없다 해도 문제가 될 것은 없다. 끝끝내 진실한 사람이 몇이나 있을 것인가. 진실 또한 대부분 자신이 세운 기준 아닌가. 타자의 부패로 얻은 진실의 반사이익은 또 얼마나 많은가. 때때로 나조차도 속일 수 없다면, 나는 내가 아니다. 나를 속이면 개가 되지만, 나를 속일 수 없을 때, 나는 더 사나운 개가 될지도 모른다. 나는 괜찮다. 나는 잘했다. 나는 이겼다. 때때로 그렇게라도 나는 괜찮고, 나는 잘했고, 나는 이겨야 한다. 나를 인정하지 않으면 세상은 불안해진다.

오래전 교회의 여름 수련회가 생각납니다. 마지막 날이었을 거예요. 이상하게 잠이 오지 않았습니다. 눈을 감았다 떴다 하며 창문 밖 환한 달빛을 바라보고 있었습니다. 내 머리카락을 살며시 만지는 손길에 밤새 잠을 이룰 수 없었습니다. 달빛은 왜 그리 환하던지요. 어제인 듯 가깝지만 아주 먼 옛날의 이야기입니다. 그 시절이 그립군요.

메일을 더 주고받아도 될까, 망설여졌다. 죄책감이 들었지만 자꾸만 모니터에 눈길이 갔다. 그녀에게 보내는 메일은 나 자신에게 보내는 메일일지도 몰랐다.

겉과 속이 하나라는 것은 무엇인가요. 겉과 속이 다르다는 것은 무엇인가요. 꽃의 안쪽은 꽃의 바깥쪽일 텐데, 무엇이 겉이고 무엇이 속이란 말인가요. 겉을 겉이라 하고, 속을 속이라 한다면, 지구별에 사는 사람들 중에 겉과 속이 정확히 하나인 사람이 몇이나 있을까요.
　사람이 항상 바르게 살 수는 없을 것 같습니다. 한 번 바르게 살 수도 있고, 두 번도 바르게 살 수 있습니다. 열 번도 바르게 살 수 있고, 그 이상도 바르게 살 수 있습니다. 하지만, 끝끝내 바르게 살 수는 없을 것 같습니다. 잘못을 인정하는 일은 삶을 긍정하는 일이고, 인간을 긍정하는 일이며, 자신을 사랑하는 일일 것입니다.
　지구별에 단 한 사람의 의인도 없다는 것은 인간의 절망이면서 인간의 희망입니다. 요즈음 나를 돌아보며 나를 위로하는 방식입니다. 사랑, 그것 하나만을 생각할 수 없는 당신도 많이 힘들 거라는 생각이 듭니다. 마음이 아픕니다.

정동에 있는 카페에서 라라를 만나기로 했다. 햇살이 따사로웠다. 사람들이 많지 않은 카페 창가에 그녀가 앉아 있었다. 테이블 위에 노란 데이지를 담은 꽃병이 놓여 있었다. 비틀즈의 〈렛잇비〉가 흘러나오고 있었다. 나는 낮은 목소리로 물었다.

"건널 수 없는 강이라는 게 정말 있나 봅니다."

"어두운 곳에 들어가도 사람 눈은 어둠에 금세 익숙해지잖아요. 그렇다고 어둠이 빛이 되는 건 아니겠지요. 유진 씨를 다시 만났던 시간 동안 행복했어요."

고개를 숙인 채 그녀가 말했다. 창문 밖 은행나무 잎사귀들이 바람에 흔들리고 있었다.

"마음으로만 닿을 수 있는 거리였지요. 손을 놓아야만 손을 잡을 수 있는……. 환상의 계단을 오르고 나면, 환멸의 계단을 내려와야 할지도 모릅니다. 흐르는 소리는 들리지 않아도 강물은 여전히 흘러가지요."

라라는 가만가만 고개를 끄덕였다.

"걷잡을 수 없는 마음 때문에 두려웠던 적도 있었어요. 당신을 통해 내가 살아 있다는 생각도 들었어요. 위로도 있었구요. 유진 씨 말대로, 흐르는 소리는 들리지 않아도 강물은 여전히 흘러가겠지요."

그녀의 목소리에 눈물이 어려 있었다.

나는 로즈마리 화분을 테이블 위에 올려놓았다. 그녀가 물끄러미 나를 바라보았다.

"오는 길에 샀어요. 꼭 주고 싶었어요."

로즈마리 화분을 손에 들고 그녀는 아무 말도 하지 않았다.

"아주 오래전에 나한테 로즈마리 좋아하냐고 물었던 적 있었지요? 로즈마리는 손끝으로 만지기만 해도 자신의 깊은 향기를 전해 주거든요. 그래서 로즈마리를 좋아해요. 로즈마리 꽃말이 뭔지 알아요?"
"네…… '나를 잊지 마세요'."
"알고 있었네요."
라라는 가만가만 고개를 끄덕였다. 그녀와 나는 말없이 서로의 눈을 바라보았다. 그녀 눈에 슬픔이 가득했다.
그날 밤, 라라의 마지막 메일을 받았다.

슬픔보다 기쁨이 더 위험할 수 있다는 걸 알았습니다. 슬픔은 슬픔을 경계하지만 기쁨은 기쁨을 경계하지 않으니까요. 당신이 쓰는 글 속에서 당신을 흠뻑 느끼겠습니다. 당신을 만날 수 없는 곳에서도 당신을 응원하겠습니다. 당신의 편지 속에 담겨진, 반짝이는 은유를 잊지 않겠습니다. 당신의 말은 고요한 침묵이었습니다. 아주 오래전부터요.

어릴 적 내가 생각났다. 아이는 돌계단에 피어난 민들레 옆에 쪼그려 앉아 눈물을 글썽이며 엄마를 기다렸다. 민들레는 눈물 젖은 아이의 손을 잡아주었다.
삶은 역설이었다. 역설을 만나고, 역설을 이해하고, 역설을 건너는 일이 삶이었다. 바람이나 봄비가 아니었다. 박토에 뿌리 내린 민들레의 상장(賞狀)은 햇볕이 아니었다. "아픔도 길이 된다"는 담담한 역설이었다.

28

다시, 달빛을 걸으며

부모님이 사시는 집으로 가는 길이었다. 작은 산 고개를 넘어가는데 팥배나무 가지 사이로 커다란 거미줄이 보였다. 어른 손가락만 한 사마귀 한 마리가 거미줄에 걸려 있었다. 사마귀는 한쪽 날개를 거미줄에 묶인 채 거미를 아귀아귀 뜯어먹고 있었다. 앞뒤가 맞지 않는 생경한 풍경을 바라보며, 거미줄은 누구의 집인가, 생각했다. 거미줄에 걸린 사마귀가 거미를 잡아먹으면 거미줄은 얼마나 민망할 것인가…… 삶과 죽음의 경계를 가늠할 수 없는 풍경들은 시시때때로 인간 세계를 장악한다. 세상은 섬뜩하다. 일상은 폭력적이고 삶은 난감한 것이다.

산을 내려와 아버지 어머니 사시는 집 근처에 이르렀다.

한 남자아이가 놀이터에서 그네를 타고 있었다. 키 작은 여자아이가 그네 타는 남자아이를 부러운 듯 바라보고 있었다. 여자아이는 동생 손을 잡고 있었다. 그네는 네 개였는데 탈 수 있는 그네는 하나뿐이었다. 심술궂은 누군가가 그네 매달린 기둥 위로 그네를 돌돌 감아놓았던 것이다. 무슨 심보였을까, 생각하며 그곳을 지나쳤다. 초인종을 눌렀다. 아버지가 문을 열어주셨다. 아버지 혼자 저녁을 드시고 있었다. 돌아가신 할아버지의 낡은 한시집(漢詩集)이 밥상 옆에 펼쳐져 있었다.

"어머니 어디 가셨어요?"

"이모네 집 가셨다. 이모가 편찮으신가 보다."

"이모 많이 편찮으시대요?"

"감기 몸살로 여러 날 심하게 앓으셨다고 하더라. 나이 들면 감기도 큰 병이지. 저녁은 먹었나?"

"네."

저녁을 드시는 아버지 밥상 위에 깍두기 반찬만 달랑 놓여 있었다.

"아버지 드실 반찬이 없네요?"

"아니다. 느이 엄마가 이것저것 준비해 놓고 가셨는데, 입맛이 없어 그냥 한술 뜨는 거다."

"그래도 깍두기만 드시면 안 되잖아요."

"괜찮다."

"어머니는 몇 시에 오신다고 하셨어요?"
"9시쯤 오신다고 했다. 조금 전에 전화 왔었다."
아버지는 더 이상 말씀이 없으셨다. 아버지는 드시던 저녁을 마저 드셨고, 나는 아버지와 조금 떨어진 곳에 앉아 있었다. 깍두기를 씹으며 혼자 밥을 드시는 아버지 모습이 왠지 슬펐다. 문득, 어릴 적 풍경이 생각났다. 내가 어릴 적, 밥상에 생선이 올라오면 생선 하얀 몸통은 어린 자식들 주고 아버지는 가시에 붙어 있는 살만 발라 드셨다. 오래도록 지워지지 않는 아버지의 풍경이었다. 가난이 죄가 되어, 아버지는 일평생 반찬 타박 한 번 하지 않으셨다.

식사를 마친 아버지가 외출 차비를 하셨다.
"아버지, 어디 가시게요?"
"뒷산이나 한 바퀴 돌려고 한다. 함께 갈래?"
"아니요. 저는 집에 가서 할 일이 좀 있어서요."
아버지는 신발장에서 우산을 꺼내셨다.
"…… 아버지, 저녁에 비 온댔어요?"
"아니다. 다른 데 좀 쓸 데가 있어서 그런다."
더 이상 묻지 않고 아버지를 따라 나섰다. 앞서 걸으시던 아버지가 놀이터 앞에서 걸음을 멈췄다. 아버지는 그네 있는 곳으로 성큼성큼 걸어가셨다. 조금 전에 보았던 여자아이가 동생과 함께 그네를 타고 있었다. 아버지는 우산을 높이 들어 그네 윗기둥에 돌돌 감겨 있던 그네를 하나씩 하나씩 풀어내렸다. 나는 우두커니 서서 아버지를 바라보기만 했다. 아버지는 그네를 내리시고 뒷산으로 걸어가셨다. 아버지의 뒷모습을 한참 동안 바라보았다. 늙어가는 아버지가 안쓰러웠다. '별 과일(star fruit)'이라고도 불리는 열대 과일 카람볼라(carambola)는 그 생김새가 별 모양 같아, 옆으로 눕혀 썰기만 하면 황금색 별로 접시를 가득 채울 수 있다는데, 아버지가 찾으려 했던 별은 어디에 있었던 것일까? 생(生)이 차려준 따뜻한 성찬 한 번 받은 적 없는 아버지였다. 나는 내가 아는 것만을 사랑했다. 낯설음과 뼈아픔과 외로움을 나는 사랑하지 않았다. 맹목의 고요를 사랑하지 않았고 지리멸렬과 고양이 울음소리를 나는 사랑하지 않았다. 비록 술을 많이 드셨지만 아버지는 나와 달랐다. 아버지는 생의 비루함까지 묵묵히 끌어안으셨다.

이른 아침, 잠에서 깨어났다. 신문을 뒤적이다 사진 한 장을 보았다. 밀림 속 원주민이 난생처음 보는 비행기를 향해 잔뜩 긴장된 얼굴로 화살을 겨누고 있는 사진이었다. 놀랍게도 최근에 찍힌 알록달록한 사진이었다. 굉음을 내며 괴물처럼 나타난 비행기가 문명을 접하지 못한 밀림 속 원주민에겐 충격이었겠지만, 비행기를 향해 화살을 겨누는 원주민의 모습도 내겐 충격이었다. 문명이 발을 딛지 않은 오지의 밀림에서, 원주민의 시간은 거꾸로 가고 있었다. 시곗바늘이 새벽 2시에서 새벽 1시로 걸어가면 그것은 시간의 자살이다. 문명사회의 법칙과 세계관은 그렇다.

1분은 60초, 1시간은 60분, 1일은 24시간, 1년은 365일. 인간은 인간의 얄망궂은 방식으로 시간의 경계를 촘촘히 나누었다. 어떤 사람들은 시간은 돈이라고 말했고, 어떤 사람들은 돈이 시간이라고 말했다. 인간은 내일을 모르면서 내일을 살아야 한다. 내일을 모르면서 내일을 살아야 하는 것은 인간의 기쁨 아니면 슬픔이다.

소쩍새 우는 밤, 아버지와 함께 뒷산을 걸었다. 노란 달맞이꽃이 달빛에 흠뻑 젖어 있었다. 달빛을 감고 흐르는 계곡물 옆으로 여뀌꽃, 달개비꽃, 오이풀들이 꾸벅꾸벅 고개방아를 찧고 있었다. 문득, 열두 살 적 달빛 환한 밤이 생각났다. 밤하늘의 달빛은 그날처럼 환한데, 나이 드신 아버지는 그때만큼 걷지 못하셨다. 검은 머리도, 실팍한 어깨도, 씩씩한 걸음걸이도, 걸어오신 길 위에 모두 잃어버리셨다. 별빛 하나도 내려앉을 수 없는 아버지의 뺨이었다. 아버지의 손을 잡아드리고 싶었다. 몇 번을 망설이다 그만두었다.

"아버지, 달빛이 참 환하네요."

"그렇구나. 달빛이 참 밝다."

아버지는 달을 바라보며 말씀하셨다.

"아버지, 기억나세요? 제가 열두 살 적에 아버지하고 같이 외갓집에서 작은집까지 걸어갔었잖아요. 그때 산길로만 몇 시간 동안 걸었어요."
"기억나지. 아들하고 걸었던 먼 길이었는데 잊힐 리 있나."
"아버지가 그때 하셨던 말씀 기억나세요?"
"글쎄다. 기억이 안 난다."
"그때 아버지께서, 먼 길을 갈 때는 달빛을 보며 가라고 말씀하셨어요."
"그랬었나?"
"네, 그러셨어요. 달을 볼 때마다 아버지 말씀이 생각났어요."
아버지는 달빛을 올려다보시며 말없이 고개를 끄덕이셨다.
"유진아, 되새들의 군무(群舞)를 본 적 있나?"
"직접 본 적은 없고요, 텔레비전이나 사진에서 본 적은 있어요."
"어릴 적 아버지 고향에서는 백만 마리도 넘는 되새들의 군무를 볼 수 있었다. 정말 장관이었지. 백만 마리도 넘는 새들이 한꺼번에 떼를 지어 하늘을 이리저리 날아다니는데도 서로 부딪쳐서 떨어지는 새는 없었다. 그 많은 새들이 어쩌면 그렇게 일사분란하게 움직일까 신기했는데 비밀은 간단한 거였다. 각각의 새가 옆에 있는 새와의 충돌만 주의하면 백만 마리가 넘는 새들이 서로 충돌하지 않을 수 있었던 거지……. 지금껏 살아오면서 가족들에게 늘 미안했다. 아버지 때문에 생긴 충돌만 없었어도 우리 가족이 더 행복했을 텐데 말이다……. 삶이 참 잠깐이다. 가족에게 아픔만 주었으니 이런 말할 자격은 없겠지만, 유진이 너는, 세상이 옳다는 길로만 가지 말거라. 가끔은 네 마음이 시키는 대로 가거라. 사람들이 옳다고 말하는 것들이, 때로는 옳지 않을 때도 있다는 것을 나이를 먹고 나서 알았다. 바람하고 놀고 싶으면 바람개비를 만들면 된다. 바람이 어느 쪽으로 불든 상관없다. 바람 부는 쪽으로 방향을 바꾸면 되니까. 하지만 무엇이든 억지로 되는 일은 없다. 봄은 아지랑이를 만들지만, 아지랑이가 봄을 만들 수는 없는 거지."

아버지는 더 이상 말씀이 없으셨다. 숨을 몰아쉬는 아버지 이마에 식은땀이 흐르고 있었다. 아버지와 나는 말없이 잣나무 오솔길을 내려왔다. 어둠 저편에서 파란 나비 한 마리가 날아왔다. 나비는 어둠을 가로지르며 밤하늘을 향해 날아올랐다. 영원을 향해 가는 돛단배처럼 나비는 수평과 수직을 그으며 달빛 속으로 총총히 사라졌다. 아름드리나무들 사이로 별빛이 반짝거렸다. 어두운 밤하늘을 그으며 별똥별 하나가 명멸하고 있었다.

그해 가을 아버지는 병원에 다시 입원했다. 아버지가 입원한 곳은 알코올중독을 치료하는 폐쇄 병동이 아니라 대학병원의 일반 병동이었다. 아버지의 병명은 급성 간경화였다. 아버지는 한 달이 넘도록 병과 싸웠다. 끝끝내 삶의 의지를 놓지 않았지만 병은 점점 악화되었다. 다른 사람으로부터 간 이식을 받는다 해도 소생 가능성이 없는 최악의 상태였다. 단 일 퍼센트의 소생 가능성도 없다는 것을 알았을 때 가족들은 절망했다. 가장 절망한 건 아버지였다. 아버지는 조금씩만이라도 술을 달라고 애원했다. 죄인처럼 눈을 떨군 아버지의 청을 거절할 수 없었다. 자신의 생이 얼마 남지 않았다는 것을 아버지는 알고 있었다. 생수 병에 술을 담아 간호사 몰래 조금씩 아버지에게 주었다. 어차피 얼마 남지 않은 시간이라면 술이 아버지를 위로할 수도 있다는 생각이 들었다. 시간이 지날수록 병은 악화되었고, 아버지는 중환자실로 옮겨졌다. 아버지는 의식도 없이 온종일 눈을 감고 있었다. 중환자실에서는 면회 시간 제한 때문에 아버지를 오랫동안 볼 수도 없었다. 아버지의 의식이 돌아오기를 간절히 바랐다. 단 한 번만이라도 아버지에게 사랑한다고 말하고 싶었다. 돌이킬 수 없는 시간을 생각하며 나는 눈물만 흘렸다.

 함박눈 내리던 날, 나는 중환자실에 누워 있는 아버지 손을 꼭 잡고 있었다. 놀랍게도, 의식을 잃었던 아버지가 천천히 눈을 떴다. 아버지가 다시 눈을 감으려는 순간, 아버지 손을 잡고 나는 울면서 말했다.

 "아버지, 사랑합니다…… 사랑합니다……."

잠시 후 아버지는 마지막 눈을 감으셨다. 아버지의 눈가를 타고 한 줄기 눈물이 흘러내렸다.

에필로그

눈물은 힘이 세다

창가에 서서 눈 내리는 숲을 바라보았다. 스트로브잣나무 위로 내리는 함박눈이 아름다웠다. 어두운 하늘을 내려온 눈송이들이 내 가슴에 가만가만 쌓였다. 사방은 고요했고 눈송이들은 헐벗은 겨울나무들을 포근히 감싸주고 있었다. 고양이 한 마리가 눈길을 사뿐사뿐 걸어가고 있었다.

누군가 만들어놓고 간 눈사람이 두 손을 높이 들고 나를 바라보고 있었다. 멀리 보이는 가로등 밑에서 눈사람이 눈사람을 만들고 있었다. 눈사람의 웃음소리가 가까이 들리는 것 같았다.

문득 어린 시절이 생각났다. 내가 어릴 적 우리 집 마당엔 아무에게나 꼬리를 흔들어주는 '순둥이'라는 하얀 개가 살고 있었다. 강아지 때부터 우리 집에서 자란 순둥이는 눈 내리는 어느 겨울 밤 새끼를 일곱 마리나 낳았다. 낡은 담요를 깔고 새끼를 받아내던 아버지가 나를 향해 나직이 말씀하셨다.

"당분간 조심해야 한다. 아무리 순한 개도 새끼를 낳으면 사나워지니까……."

눈도 못 뜬 어린 새끼들이 빨간 몸을 바들바들 떨며 어미 품속을 파고들었다. 어미의 젖을 빨고 있는 어린 새끼들을 바라보며 나는 눈물을 글썽거렸다. 아버지는 순둥이 집 위에 수북이 쌓여 있던 눈을 털어내고 이불로 감싼 뒤 비닐을 덮어주었다.

그날 밤 나는 커다란 눈사람을 만들어 순둥이 집 옆에 세워주었다. 눈송이들의 그림자가 소리 없이 문풍지를 쓸어내렸다. 밤늦도록 잠이 오지 않아 나는 눈 내리는 마당을 몇 번이나 나가보았다.

다음 날 아침, 아버지 말씀처럼 순둥이의 눈빛은 사납게 변해 있었다. 가장 친했던 나조차도 경계하는 눈빛이었다. 부모가 되고 나면 왜 더 용감해지고, 더 사나워지고, 더 헌신적인 삶을 살게 되는지 순둥이를 보며 나는 알게 되었다.

그후 순둥이 새끼들은 젖을 뗀 뒤 한 마리씩 한 마리씩, 우리 집을 떠났다. 새끼들이 떠나는 날이면, 순둥이도 나도 온종일 슬퍼했다. 새끼들을 데려갈 때마다 순둥이와 새끼들을 한참 동안 쓰다듬어주는 아버지를 바라보며, 누구의 생이든 위로가 필요하다는 것을 어렴풋이나마 알게 되었다.

 돌이켜 생각해 보면 기뻤던 일도 많았고 슬펐던 일도 많았다. 불빛을 향해 달렸던 시간들은 모두 어디로 갔을까. 기쁨은 멀리 있었고, 나를 돌아보게 한 건 언제나 아픔이었다. 아픔은 생의 의지였다. 기쁨이 짧은 웃음을 남겨두고 내 곁을 떠나갈 때도, 아픔은 내게 길을 가르쳐주었다. 아픔은 나에게 겸손을 가르쳐주었고, 감사를 가르쳐주었고, 진실을 가르쳐주었다.

 함박눈을 맞으며 한 해가 저물어가고 있었다. 겨울은 눈 내리는 밤으로 깊어지고, 생(生)은 눈물의 힘으로 깊어진다.
 그렇게…… 눈물은 힘이 세다.

 작가의 말

 이 소설을 쓰는 동안 두 번의 여름을 보냈다. 가족의 소중함과 인간의 곡진한 사랑과 삶에 대한 눈물겨운 공감을 쓰고 싶었다. 열등감이나 모욕도 인간의 삶을 이끌고 가는 힘찬 발걸음이 될 수 있다는 것을 쓰고 싶었다. 인간의 이중성에 대한 연민을 쓰고 싶었고, 인간을 꽁꽁 묶어버린 이성이나 논리의 함정도 쓰고 싶었다. 무엇보다도, 소설 속에 등장하는 인물들이 독자들 자신이기를 바랐다.

 소설이든 무엇이든 모든 글은 삶으로 환원될 수 있어야 한다고, 나는 생각했다. 생에 대한 물음으로 적잖은 세월을 보냈다. 그사이 삶은 나를 왜곡했고 나는 삶을 왜곡했다.

삶은 폭력적이었다. 하지만 지지부진의 권태로움 속에서도 세월은 흘렀고 삶은 내게 소중한 것을 가르쳐주었다. 인간은 유한하고 불완전하다는 것이, 인간을 이해하는 새로운 출발이 될 수 있다는 것이었다. 인간을 이끌고 가는 것은 인간의 보잘것없음이었다.

이 년 전, 경상북도 지역에 때 이른 우박이 내려 오만 톤이 넘는 사과들이 우박 피해를 입었다. 커다란 우박을 맞은 사과 얼굴이 움푹움푹 패였다. 상처 난 사과들은 팔려 나가지 않았다. 과수원 농부는 여러 날 고민하다가 우박 맞은 사과에게 '보조개 사과'라는 이름을 붙여주었다. 동그란 사과 얼굴에 '보조개 사과'라는 노란색 스티커도 붙여주었다.

이 소설을 쓰고 있을 무렵, 아내와 함께 간 백화점에서 나는 '보조개 사과'를 살 수 있었다. 백화점 진열대에 놓여 있는 크고 윤기 나는 과일들 틈에서 '보조개 사과'는 당당히 경쟁하고 있었다. 못난이 사과에게 '보조개 사과'라는 이름을 붙여준 과수원 농부의 마음이, 어쩌면 내가 지향하는 소설 쓰기와 다르지 않을 것이었다.

나는 나의 글쓰기가 세상과의 소통이라는 것을 알고 있다. 나는 나의 글쓰기가 허영이라는 것을 알고 있다. 나는 나의 글쓰기가 밥이라는 것을 알고 있다. 하지만 소설은 한 개인의 소통과 허영과 밥을 뛰어넘어 그 무엇을 향해 나아가야 하는 것임을 알고 있다. 그 길은 내게 멀지도 가깝지도 않은 캄캄한 빛이었다. 나는 지금, 충만한 기쁨으로 그 빛을 찾아가고 있다. 다만, 깊이가 없는 높이는 높이가 아님을 끝끝내 잊지 않을 것이다.

2009년 여름 이철환 씀

눈물은 힘이 세다

초판 1쇄 2009년 8월 10일
초판 7쇄 2014년 5월 30일

지은이 | 이철환
펴낸이 | 송영석

편집장 | 이진숙 · 이혜진
기획편집 | 차재호 · 김정옥 · 정진라
외서기획 | 박수진
디자인 | 박윤정 · 박새로미
마케팅 | 이종우 · 한명회 · 김유종
관리 | 송우석 · 황규성 · 전지연 · 황지현

펴낸곳 | (株)해냄출판사
등록번호 | 제10-229호
등록일자 | 1988년 5월 11일

서울시 마포구 잔다리로30(서교동368-4) 해냄빌딩 5 · 6층
대표전화 | 326-1600 **팩스** | 326-1624
홈페이지 | www.hainaim.com

ISBN 978-89-7337-934-7

파본은 본사나 구입하신 서점에서 교환하여 드립니다.